BATTLE ROYALE 2

KOUSHUN TAKAMI & MASAYUKI TAGUCHI

BATTLE ROYALE 2

KOUSHUN TAKAMI & MASAYUKI TAGUCHI

SOMMAIRE

Chapitre 9 : Kazuo Kiriyama (Première partie)

Chapitre 9 : Kazuo Kiriyama (Première partie)

HÉ, MITSU-RU !
BOM
!
C'EST DE LA PART DU BOSS.
BOM
......
SUIVANTE... FILLE N°2, UTSUMI YUKIE !
FRISH
Si c'est vraiment une île, rendez-vous à la pointe sud.
COURAGE ! ENTRETUEZ-VOUS BIEN. ♡
BOSS !

NOTRE CHEF, LE PLUS GRAND DES LOUBARDS...
...KAZUO KIRIYAMA !!
ET MÊME SI LA TERREUR VENAIT ME PRENDRE AUX TRIPES...
...RIEN NE POURRA JAMAIS ÉTEINDRE CETTE LUMIÈRE !!
MPF
LA LUMIÈRE NÉE DU CHOC DE CETTE RENCONTRE CONTINUERA TOUJOURS À ÉCLAIRER MON CHEMIN !!
MPF
JE M'EN RAPPELLE COMME SI C'ÉTAIT HIER !
MPF
MPF
CE JOUR-LÀ, J'AI VU CE QUE C'ÉTAIT, LE GÉNIE !

......
ON PEUT PAS DIRE QUE J'AI GRANDI DANS UNE FAMILLE MODÈLE...
WUUAH
UNE BOUTEIL-LE !
MES NOTES ET LES COMMENTAIRES SUR MON COMPORTEMENT ÉTAIENT PITOYABLES.
MITSU-RU !
QUE FAIS-TU ? POURQUOI TU PRENDS L'ARGENT DE LA MAISON ?
!
FAIS PAS CHIER, VIEILLE PEAU !
SI TU VEUX DE L'ARGENT, T'AS QU'À BOUGER CE GROS POIVROT !!
J'ÉTAIS COMME ÇA...

理容 オノダ
JE NE TROUVAIS PAS MA PLACE DANS CE MONDE.
VRAIMENT, TU VEUX ÇA...
SI JE TE FAIS CETTE COUPE, TU VAS FILER LES CHOCOTTES À TES PROFESSEURS.
FERME-LA, VIEUX SCHNOK ! FAIS TON BOULOT !
MON MODE D'EXPRESSION SE RÉSUMAIT EN UN MOT...
QUOI ?
LA VIOLENCE !!
RÉPÈTE UN PEU !!
ALORS C'EST QUI LE PLUS COSTAUD DE L'ÉCOLE ?!
HEIN !!
ÊTRE «LE PLUS FORT» ÉTAIT MA SEULE ET UNIQUE RAISON D'ÊTRE !!

UNE FOIS AU COLLÈGE, MON ATTITUDE N'A PAS CHANGÉ D'UN POUCE.
ALORS...
CELA VOUS CONVIENT ?
C'EST PAS MAL, PAPY !
ET OUI...
UN MEC À LA TÊTE DURE COMME MOI NE COMPRENAIT QU'UNE SEULE CHOSE !
Bibliothèque
YAAAH
7

UNE RÈGLE ANCESTRALE ET IMMUABLE...
!!
...UNE RÈGLE QUI DIT : «SEUL LE ROI DOIT RÉGNER.»
VAS-Y, RÉPÈTE MAINTENANT !!
QUI C'EST LE PLUS BALÈZE DE CE COLLÈGE ?

HÉ ! DERRIÈRE-TOI...
HEIN ?!
!!
HÉ, TOI ! LE CINQUIÈME DE MES DEUX !!
C'EST PAS BIEN...
...DE S'EN PRENDRE AUX PLUS FAIBLES QUE SOI.
IL A RAISON, ON VA TE DONNER UNE LEÇON.
CLAC
CLAC
WHAOUH ! DES MECS DE TROISIÈME !
...QUI SE METTENT À TROIS POUR SE FAIRE UN PETIT CINQUIÈME.
LA CLASSE !

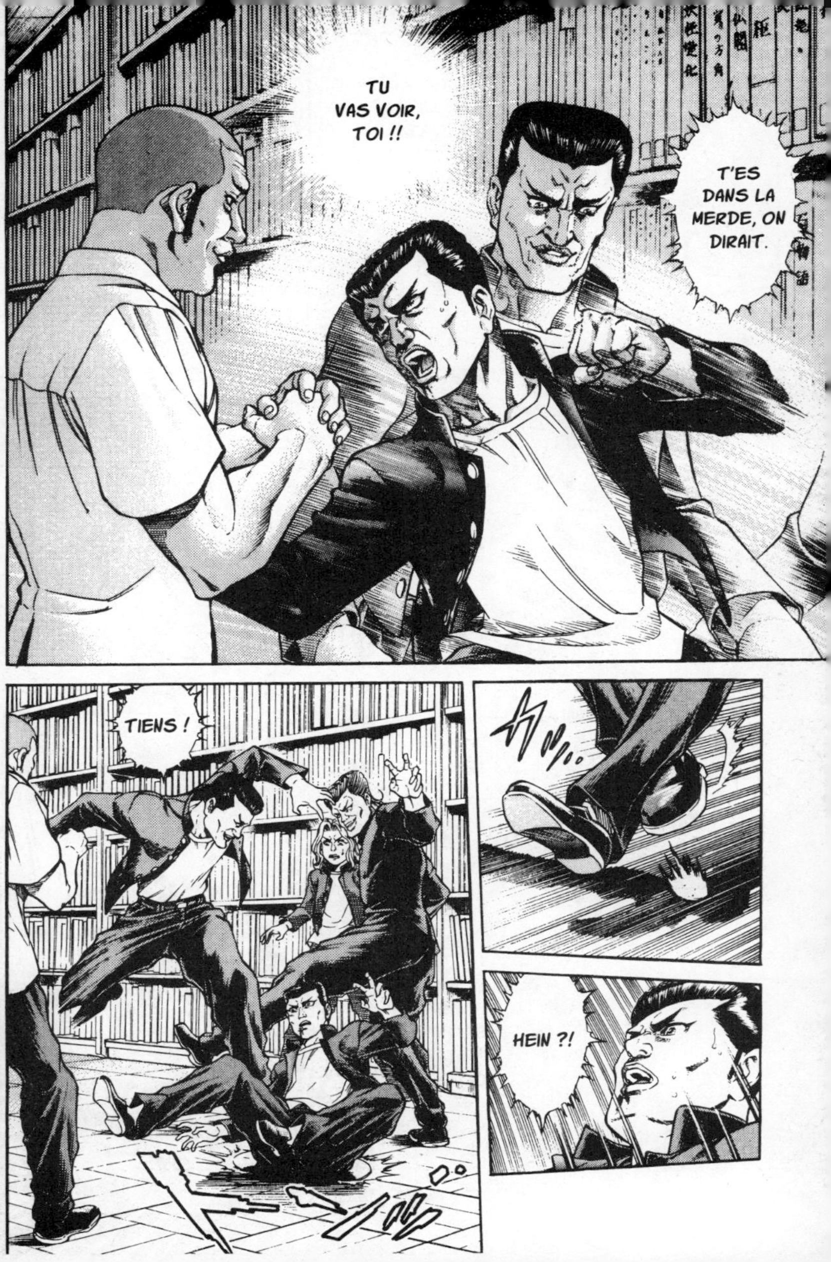
TU VAS VOIR, TOI !!
T'ES DANS LA MERDE, ON DIRAIT.
TIENS !
HEIN ?!

ARGH
COUP DE COUDE ♡
!!
RAAH
BON !

IL EST TEMPS DE PASSER À LA PUNITION ♡
!?
CHOP
C'EST... C'EST PAS VRAI !
ILS VONT PAS FAIRE ÇA ?!
AARRHH

GYAAAH
ALORS, LE CINQUIÈME... TU FAIS MOINS LE MALIN MAINTE-NANT...
T'AS PLUS AFFAIRE À DES MECS DU PRIMAIRE, HEIN ?!
BRRR
BRRR
CLAC
JE VAIS LUI EN PÉTER UN AUTRE ♡
NE FAITES PAS ÇA.
PITIÉ
ARRÊTEZ, JE VOUS EN PRIE !!
C'EST UN PEU TARD, MON POTE !
ALLEZ, ON CONTINUE LA PUNITION ♡
......
UN PEU DE SILENCE !
!
!

...
QU'EST-CE TU VEUX, TOI ?!
JE VIENS DE VOUS LE DIRE...
FAITES UN PEU DE SILENCE...

......
T'ES EN 5ÈME, NON ?
QU'EST-CE T'AS À NOUS EMMERDER ?!
Y'A LA CÉRÉMONIE D'ACCUEIL DES NOUVEAUX ÉLÈVES...
AH ?!
......
T'AS UN TRUC À DIRE ?! VAS-Y, ON T'ÉCOUTE !

!!
QU'EST-CE QUE...?

ENFOIRÉ !!

......
FAP
HÉ TOI !
ATTENDS VOIR !
ARRÊTE !
LE CHERCHE PAS !
!
COMMENT T'AS RÉUSSI À DEVENIR AUSSI BALÈZE ?
T'AS UNE SACRÉE EXPÉRIENCE QUESTION BASTON, C'EST ÇA ?!
...
NON.
JE N'AVAIS JAMAIS EMPLOYÉ LA VIOLENCE JUSQU'À AUJOURD'HUI.
C'EST... C'EST PAS POSSIBLE...
T'AS BIEN APPRIS CES TECHNIQUES DE COMBAT QUELQUE PART, NON ?!

J'ÉTAIS EN TRAIN DE LIRE CE LIVRE.
IL SUFFIT DE LE FEUILLETER UN PEU POUR SAVOIR COMMENT BRISER UNE PERSONNE EN DEUX.
... AUJOURD'HUI ENCORE...
L'ANATOMIE DU CORPS HUMAIN...
NON !
TU RIGOLES !
JE M'EN RAPPELLE COMME SI C'ÉTAIT HIER !
CE JOUR-LÀ, J'AI VU CE QUE C'ÉTAIT, LE GÉNIE...
OH...

COMMENT T'APPELLES-TU ?
OUI...
KIRIYAMA... KAZUO KIRIYAMA.
COMME LE DIT LA RÈGLE ANCESTRALE ET IMMUABLE...
KIRIYAMA...
À PARTIR D'AUJOURD'HUI, TU ES MON «BOSS»... ET CELA, POUR TOUJOURS...
«SEUL LE ROI DOIT RÉGNER.»
EH !!

POUR QUI ILS SE PRENNENT CES ENFOIRÉS DU GOUVERNEMENT ?!
!
POURQUOI DEVONS-NOUS NOUS ENTRETUER ?!
QU'EST-CE QUE C'EST QUE CE «PROGRAM-ME» ?!
GNAP
LE SEUL QUI PEUT ME DONNER DES ORDRES…
BOSS !
…C'EST MON BOSS ET PERSONNE D'AUTRE !
……
VOUS ALLEZ VOIR, FUMIERS DE POLITICARDS !

LE BOSS… IL APPARTIENT À LA FAMILLE KIRIYAMA…
JE VOUS ÉCRASERAI TOUS DE MES PROPRES MAINS !!
BOSS !
!?
REGARDE BIEN OÙ TU METS LES PIEDS !
MIT-SURU.
LE SOL SEMBLE ASSEZ GLISSANT.
QU…?
QU'EST-CE QUE C'EST ?!

République d'Extrême-Orient

rmée de
fense nationale

st l'armée de la
ublique d'Extrême-Orient.
ns ce pays, la
nscription n'existe pas,
mée est uniquement
mposée d'engagés
ontaires.

Cet archipel est situé à l'extrême Est du continent asiatique.
Le leader de cette nation, aussi appelé «président», a instauré une république socialiste bien particulière. Que ce soit les sorties du territoire, l'accès aux informations en provenance de l'extérieur ou l'importation de produits étrangers, tout est strictement limité. Voilà le genre de mesures qui a fait de ce pays une nation quasi-isolée. De plus, l'armée et la police sont des entités extrêmement puissantes et les passages aux tribunaux pour activisme anti-gouvernemental sont légions. Malgré cette politique de terreur manifeste menée par le gouvernement, l'exportation de divers produits manufacturés est florissante. Cette puissance économique permet à ce pays d'avoir le meilleur PNB par habitant au monde. En résumé, une grande partie de la population s'est soumise à la politique du gouvernement et œuvre avec acharnement à la production de produits de qualité supérieure. Ayant une vie paisible et confortable, elle ne fait rien pour s'opposer à la volonté du gouvernement. Voilà pourquoi le quotidien de Shûya Nanahara et de ses camarades semble être, au premier abord, des plus normal. Dans cette nation bafouant les droits civils, le gouvernement feint d'ignorer les remontrances des États-Unis d'Amérique, son grand ennemi.

Le programme

Comme vous le savez déjà, il s'agit d'un «jeu». Appellation officielle : 68ème programme expérimental de combat de la République d'Extrême-Orient. Chaque année, 50 classes de 3ème sont tirées au sort à travers le pays afin d'y participer. Lors de la première édition en 1947, il y eut un fort mouvement de contestation au sein de la population. Mais aujourd'hui, très peu de gens osent se dresser et clamer publiquement leur opposition. Les familles des élèves choisis font généralement profil bas, elles aussi. En ce qui concerne le lieu devant servir de théâtre au programme, il peut aussi bien s'agir d'une île évacuée de sa population, comme pour le cas présent, d'une prison abandonnée, ou encore d'une région montagneuse entourée d'une clôture à haute tension. Les dirigeants de la république d'extrême-orient soutiennent que ce programme a été mis en place car il se trouve être «indispensable à la défense nationale», mais… est-ce bien la vérité ?

Le collier

Appellation officielle : guadalcanal 22.
Véritable bijou technologique mis au point en république d'extrême-orient en vue du «programme». C'est un dispositif de surveillance, parfaitement étanche et doté d'un mécanisme anti-choc.
Outre sa fonction de balise, il est équipé d'une mini-bombe ultra-puissante.

Chapitre 10 : Kazuo Kiriyama (Seconde partie)

TU SAIS, MITSURU, LA TÊTE D'UN HOMME ET CETTE BOULE DE BOWLING...
...FONT À PEU PRÈS LE MÊME POIDS.
TU LE SAVAIS ?
OUI...
12
J'AVAIS COMPRIS QUE CE QUI DIFFÉRENCIAIT LE BOSS DE TYPES COMME NOUS...
...
PAS DU TOUT, BOSS...
C'ÉTAIT CETTE INCROYABLE AURA QUI ÉMANAIT DE LUI...
...ET BIEN ÉVIDEMMENT...
学期末試験結果 1~50
...SON INTELLIGENCE...
HÉ, MITSURU !
LE BOSS A ENCORE FINI PREMIER DE LA CLASSE !!
......
OUAIS... SUPER...

QUOI QU'ON LUI FASSE FAIRE...
...LE BOSS ÉTAIT TOUJOURS D'UN TALENT INSOLENT.
JE RÊVE ! CE MEC ÉTAIT TROISIÈME DAN !

ET CE N'EST PAS TOUT...
LA CERISE SUR LE GÂTEAU, C'EST QUE LE BOSS...
...EST L'HÉRITIER D'UNE DES PLUS GRANDES ENTREPRISES DU PAYS.
VOILÀ POURQUOI JE PENSE QU'IL EST NÉ POUR ÊTRE ROI...
JE N'ARRIVE MÊME PAS À IMAGINER QUEL HOMME EXTRAORDINAIRE CE GARÇON DEVIENDRA PLUS TARD...

MAIS BIZARREMENT CE GÉNIE…
…AVAIT ACCEPTÉ DE DEVENIR LE ROI DES VAURIENS QUE NOUS ÉTIONS !!
J'ÉTAIS EN EXTASE…
…EN VOYANT TOUS LES MIRACLES DONT CE GÉNIE DE KAZUO KIRIYAMA ÉTAIT CAPABLE…
JE PENSE QUE C'EST COMPARABLE À LA JOIE D'UN ENTRAÎNEUR DE BOXE DONT LE POULAIN EST UN CHAMPION.
FUU
…
OUI, SÛREMENT !
PARFAIT !
ALORS, QU'EN DITES-VOUS, BOSS ?!
C'EST MOI QUI L'AI FAIT !!

C'EST MOI QUI AI FAIT DE KAZUO KIRIYAMA...
C'EST VACHEMENT MIEUX COMME ÇA !!
VOUS TROUVEZ PAS, BOSS ?
JE SAIS QUE CE N'EST PEUT-ÊTRE PAS GRAND-CHOSE, MAIS...
...C'ÉTAIT AUSSI MON IDÉE QU'IL PORTE LA COIFFURE TRADITIONNELLE DES BOSS, AVEC LES CHEVEUX EN ARRIÈRE.
......

...LE GRAND LEADER QU'IL EST DEVENU !
LE BOSS ET MOI, TEL UN EMPEREUR ET SON FIDÈLE GÉNÉRAL...
...NOUS RÉGNERONS À JAMAIS !!
ELLE SYMBOLISE LES LIENS QUI NOUS UNISSENT, LE BOSS ET MOI !
DÉSORMAIS, QUOI QUE NOUS RÉSERVE L'ADVERSITÉ ...
...RIEN NI PERSONNE NE POURRA BRISER LES LIENS QUI NOUS UNISSENT, MON ROI ET MOI !!

HIR... !
MAIS, AI-JE BIEN RAISON !?
LE SOL SEMBLE ASSEZ GLISSANT.
REGARDE BIEN OÙ TU METS LES PIEDS !
MIT-SURU.
HIROSHI !!

BO...
BOSS... QUE SE PASSE-T-IL ?
!!
OH !
RYÛHEI !!

MAIS... BOSS !
QUE...
LES HUMAINS SONT DES ÊTRES FRAGILES.
MIT-SURU...
EH ?!

QUE LEUR EST-IL ARRIVÉ ? QUE VOUS ARRIVE-T-IL ?
......
ILS SE BRISENT SI FACILEMENT...

C'EST...
C'EST PAS VRAI... ILS ONT...
....
AH !
BO... BOSS !
ILS ONT ESSAYÉ DE VOUS TUER, C'EST ÇA ? HEIN ?
ALORS...
ALORS, VOUS AVEZ DÛ LES...
BO...
BOSS...
....

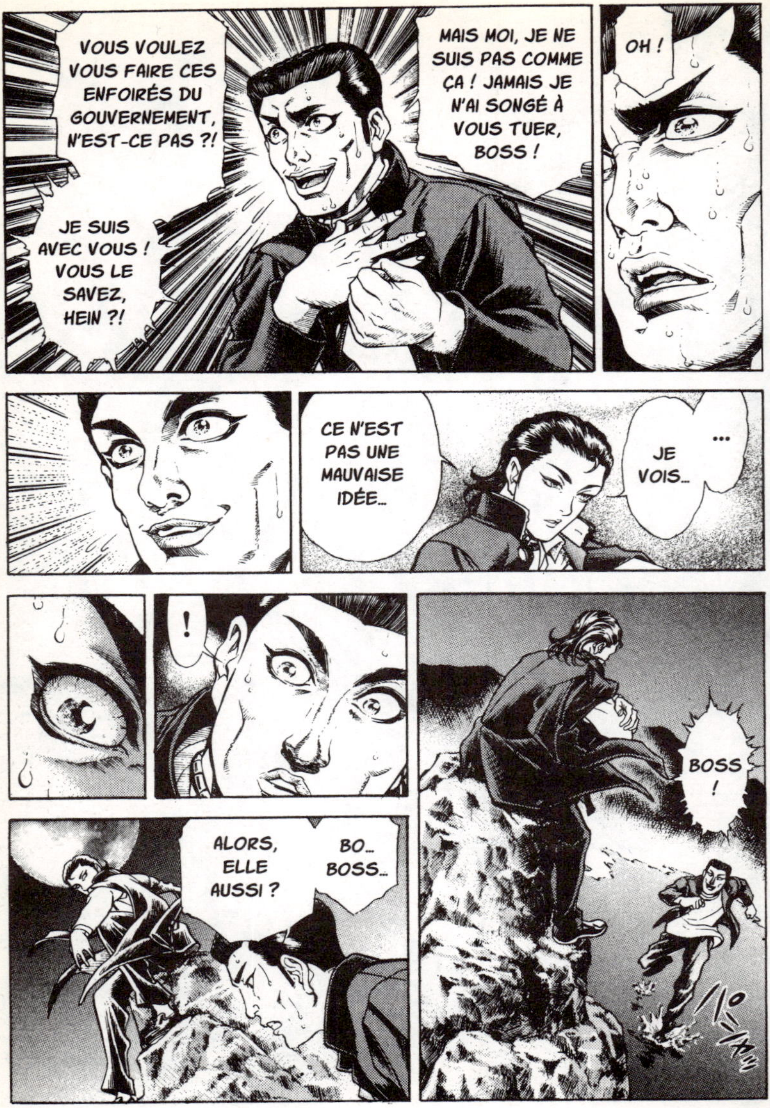
OH !
MAIS MOI, JE NE SUIS PAS COMME ÇA ! JAMAIS JE N'AI SONGÉ À VOUS TUER, BOSS !
VOUS VOULEZ VOUS FAIRE CES ENFOIRÉS DU GOUVERNEMENT, N'EST-CE PAS ?!
JE SUIS AVEC VOUS ! VOUS LE SAVEZ, HEIN ?!
... JE VOIS...
CE N'EST PAS UNE MAUVAISE IDÉE...
BOSS !
!
BO... BOSS...
ALORS, ELLE AUSSI ?

IZUMI KANAI...
ELLE AUSSI, ELLE A ESSAYÉ DE VOUS TUER, BOSS ?!
......
KANAI EST PASSÉE PAR LÀ PAR HASARD.
ALORS...
VOUS AVEZ TUÉ UNE FILLE SANS DÉFENSE, BOSS...

...
MITSURU...
QUOI QUE LE SORT DÉCIDE, CE SERA LA BONNE SOLUTION...
«QUOI...
...QUOI QUE LE SORT DÉCIDE ?»
DITES...
BOSS...
QU'ENTENDEZ-VOUS PAR...
...«LE SORT» ?

POUR CE JEU AUSSI…
C'EST LE SORT QUI EN DÉCIDERA…
QUAND JE SUIS ARRIVÉ À LA POINTE SUD DE L'ÎLE…
…KANAI ÉTAIT DÉJÀ LÀ.
ELLE A ESSAYÉ DE S'ENFUIR…
DANS UN PREMIER TEMPS, J'AI CAPTURÉ KANAI…
…
ENSUITE…
…J'AI LANCÉ UNE PIÈCE…

...NOUS IRONS EFFECTIVEMENT COMBATTRE...
...LES «ENFOIRÉS DU GOUVER-NEMENT»...
PAR CONTRE ...
...SI C'EST PILE...
SI C'EST FACE...
500

JE PARTICIPE À CE JEU !

HEIN ?!
NON, C'EST PAS POSSIBLE !!
YAAAAAAAH !!

......
ALORS QUE JE SENTAIS LE SOUFFLE DE LA VIE M'ABANDONNER...
GYAH !

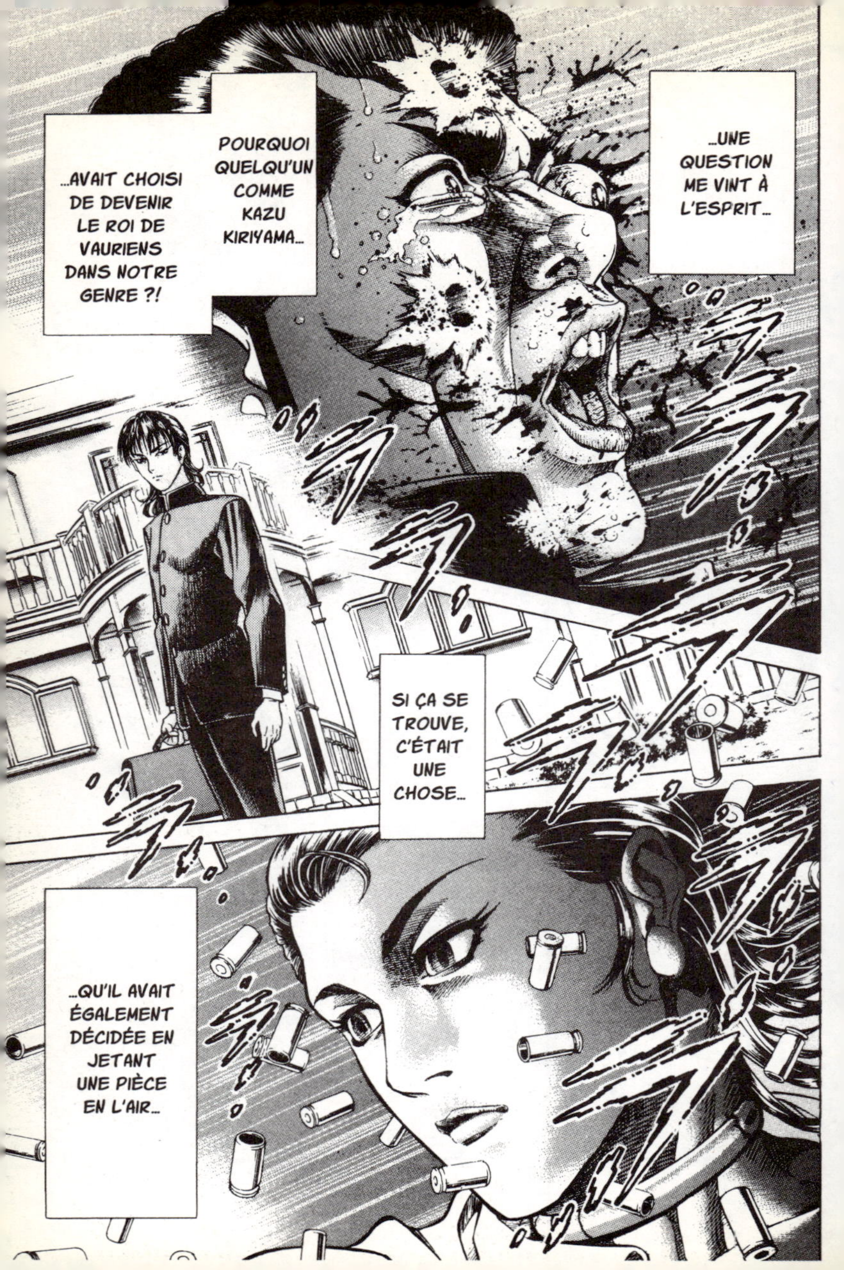
...UNE QUESTION ME VINT À L'ESPRIT...
POURQUOI QUELQU'UN COMME KAZU KIRIYAMA...
...AVAIT CHOISI DE DEVENIR LE ROI DE VAURIENS DANS NOTRE GENRE ?!
SI ÇA SE TROUVE, C'ÉTAIT UNE CHOSE...
...QU'IL AVAIT ÉGALEMENT DÉCIDÉE EN JETANT UNE PIÈCE EN L'AIR...

QUANT À SA COUPE DE CHEVEUX…
…QUI ÉTAIT CENSÉE SYMBOLISER…
LES LIENS QUI NOUS UNISSAIENT…
SI ÇA SE TROUVE, IL N'EN A PAS CHANGÉ…
…SIMPLEMENT PARCE QU'IL N'AIME PAS ALLER CHEZ LE COIFFEUR…

ALORS QUE...
...LE JOUR MÉMORABLE...
...DE NOTRE RENCONTRE AU BOSS ET À MOI...
...CONTINUE À BRILLER DANS MON CŒUR...
KIRIYAMA...
À PARTIR D'AUJOURD'HUI, TU SERAS MON «BOSS»... ET CELA POUR TOUJOURS...
LE BOSS, LUI...
...NE RESSENT RIEN...

...AU FOND DE SON COEUR...
...CELUI-CI N'EST HABITÉ QUE PAR UN IMMENSE VIDE ET UNE PROFONDE OBSCURITÉ...
...VOILÀ CE À QUOI JE VIENS DE PENSER.
AAH !
OUI, C'EST SÛREMENT ÇA...
MAIS QUAND MÊME, C'EST MON BOSS...
....
RATATATATA !
JAMAIS JE NE L'AVAIS VU ESQUISSER UN SEUL SOURIRE.

Chapitre 11 : Le trésor

BATTLE ROYALE

......
TOUT EST SI CALME...
OUI.
TU AS RAISON.

3ÈME B [FILLE]
N°4 SAKURA OGAWA
!
3ÈME B [GARÇON] N°21
KAZUHIKO YAMAMOTO
MERCI ENCORE, KAZU.
SI TU SAVAIS COMME J'ÉTAIS HEUREUSE...
Nous allons tous nous entretuer
Nous allons tous nous entretuer
Nous allons tous nous entretuer
Sakura, rejoins-moi à la pointe nord de l'île.
...LORSQUE J'AI LU TON MESSAGE.
FLAP
......
CE N'EST RIEN.

......
QUAND JE PENSE À KUNINOBU ET À FUMIYO...
LES PAUVRES...
......
OUI.
ENFOIRÉ DE KAMON... COMMENT PEUT-ON ÊTRE SI CRUEL ?
......
DIRE QU'EN VENANT ICI...
...TU AS VU LES CORPS DE AKAMATSU ET DE TENDÔ...
ÇA VEUT DIRE QUE CE JEU DE MASSACRE A DÉJÀ COMMENCÉ, N'EST-CE PAS ?
OUI...
SÛRE-MENT...
ALORS, NOUS... NOUS NE POURRONS PAS SURVIVRE TOUS LES DEUX...
!

C'EST POURQUOI, TU DOIS VIVRE, QUOI QU'IL PUISSE M'ARRIVER !!
D'AC-CORD ?
NON, JE NE VEUX PAS !
JE REFUSE DE DEVOIR ME BATTRE AVEC CEUX QUI ÉTAIENT MES AMIS, HIER ENCORE...
ET PAR-DESSUS TOUT, JE REFUSE QUE TU MEURES !!
....
!
PLOUF

JE RESTERAI TOUJOURS À TES CÔTÉS, SAKURA.
OUI, TOUJOURS.
MERCI.

……
REGARDE, KAZU…
QUOI ?!
TU VOIS LES LUMIÈRES DE CETTE VILLE LÀ-BAS…
……
BIEN SÛR.
JE LES VOIS…
MÊME EN PLEINE NUIT, UNE VILLE CONTINUE À BRILLER DE TOUS SES FEUX…
IL Y A CEUX QUI DORMENT DANS UN LIT BIEN DOUILLET… CEUX QUI, COMME NOUS, SONT EN 3ÈME ET DOIVENT POTASSER LEURS EXAMENS…
SI ÇA SE TROUVE, IL Y A MÊME UN COUPLE QUI S'ENLACE DEVANT SA TÉLÉ.
CHACUN D'EUX…
…SYMBOLISE LA VIE D'UNE PERSONNE DIFFÉRENTE…

!
EH !
SAKURA !
EST-CE QUE ÇA VA ?
BRR
BRR
BRR
PARDONNES-MOI, KAZU...
TU AS DIT QUE TU RESTERAIS TOUJOURS À MES CÔTÉS, MAIS...
...QUAND JE PENSE QUE...
...JAMAIS... JAMAIS PLUS, NOUS NE SERONS L'UN DE CES FEUX...
...CELA ME TERRIFIE...
J'AIMERAIS TANT...
...RETOURNER EN VILLE... ET ME BALADER AVEC TOI...
...UNE GLACE À LA MAIN...
OH...
SAKURA ...
......

PARDON, SAKURA!!
PARDON !!
KAZU...?
!
MOI ET MON SALE CARACTÈRE !
JE NE SUIS QU'UN PAUVRE IDIOT !
J'AURAIS DÛ TE CHOYER BEAUCOUP PLUS !
ME MONTRER PLUS PRÉVENANT !
JE...
JE NE SUIS QU'UN...
!!

C'EST VRAI QUE TU N'ES PAS TOUJOURS TRÈS ♡ ATTENTIONNÉ
……
FLAF
SA...
SAKURA ?
KAZU !
REGARDE...
TU TE SOUVIENS DE ÇA ?
!
MAIS C'EST...!

OUI… C'ÉTAIT LE JOUR DE MON ANNIVERSAIRE. COMME TU VOULAIS M'ACHETER QUELQUE CHOSE…
…NOUS ÉTIONS ALLÉS FAIRE LES MAGASINS.
NOUS NE SORTIONS PAS ENCORE ENSEMBLE, MAIS ÇA RESSEMBLAIT À UN PREMIER RENDEZ-VOUS…
DIS-MOI, KAZU.
LEQUEL TU PRÉFÈRES ?
HÉ, KAZU !
TU REGARDES, OUI ?!
!

……
OUAIS !
SUPER !
...QUE J'AVAIS L'AIR D'UNE GOURDE COMPLÈTEMENT FOFOLLE.
HA HA HA ! KAZU, TU VERRAIS TA TÊTE !
C'EST TROP DRÔLE !
HEIN ?
VRAI-MENT ?
C'EST POUR ÇA...
……
...J'ARRIVAIS PAS À ME DÉCIDER...
ET POUR TOUT ARRANGER...
ON AVAIT FAIT TOUS LES MAGASINS DE LA VILLE EN VAIN...
ET FINALEMENT LE SOLEIL S'ÉTAIT COUCHÉ...

ビ!!クーン
MOUAAAH
JE SUIS DÉSOLÉE, KAZU...
TU M'AS TROUVÉE RASOIR, C'EST ÇA...?
!
?
DE QUOI ?
MAIS TOUT ÇA...
C'EST À CAUSE DU STRESS !
HEIN ?
QU'EST-CE..?
JE VOULAIS QUE LE CADEAU QUE TU M'ACHÈTES SOIT LE PLUS PARFAIT POSSIBLE...
C'EST POUR ÇA QUE J'HÉSITAIS SANS ARRÊT !
C'ÉTAIT NOTRE PREMIER RENDEZ-VOUS, ET À CAUSE DE MOI, TU T'ES ENNUYÉ FERME !!

......
À CAUSE DU STRESS, JE N'AI PAS PU ME DÉCIDER.
JE COMPRENDS CE QUE TU RESSENS...
SAKU-RA...
!!
AH ?
LORSQU'ON NE PARVIENT PAS À SE DÉCIDER...
...LE STRESS NOUS ENVAHIT.
JE CONNAIS...
......
SAKU-RA !
QU'EST-CE...
QU'EST-CE QUI T'ARRIVE ?!

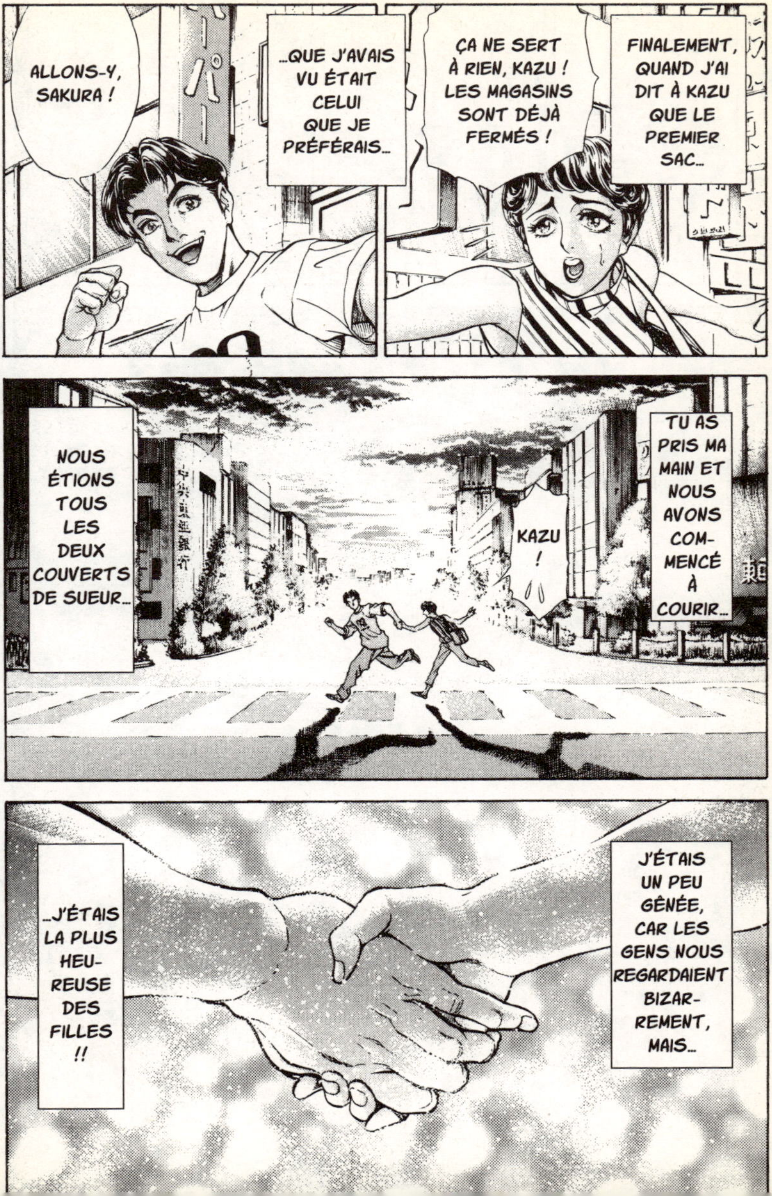
FINALEMENT, QUAND J'AI DIT À KAZU QUE LE PREMIER SAC...
ÇA NE SERT À RIEN, KAZU ! LES MAGASINS SONT DÉJÀ FERMÉS !
...QUE J'AVAIS VU ÉTAIT CELUI QUE JE PRÉFÉRAIS...
ALLONS-Y, SAKURA !
TU AS PRIS MA MAIN ET NOUS AVONS COMMENCÉ À COURIR...
KAZU !
NOUS ÉTIONS TOUS LES DEUX COUVERTS DE SUEUR...
J'ÉTAIS UN PEU GÊNÉE, CAR LES GENS NOUS REGARDAIENT BIZARREMENT, MAIS...
...J'ÉTAIS LA PLUS HEUREUSE DES FILLES !!

VOILÀ POURQUOI CE SAC...
...EST LE TRÉSOR LE PLUS IMPORTANT ♡ QUE JE POSSÈDE.
キュッ
......
SAKURA.
JAMAIS NOUS NE NOUS QUITTERONS...
SAKURA...

AH ?!
KAZU...
GNUP
!

KAZU, JE SUIS HEUREUSE...
...D'ÊTRE RESTÉE À TES CÔTÉS JUSQU'AU BOUT...
......
OUI...
!
MOI AUSSI...

KAZU...
GNUP

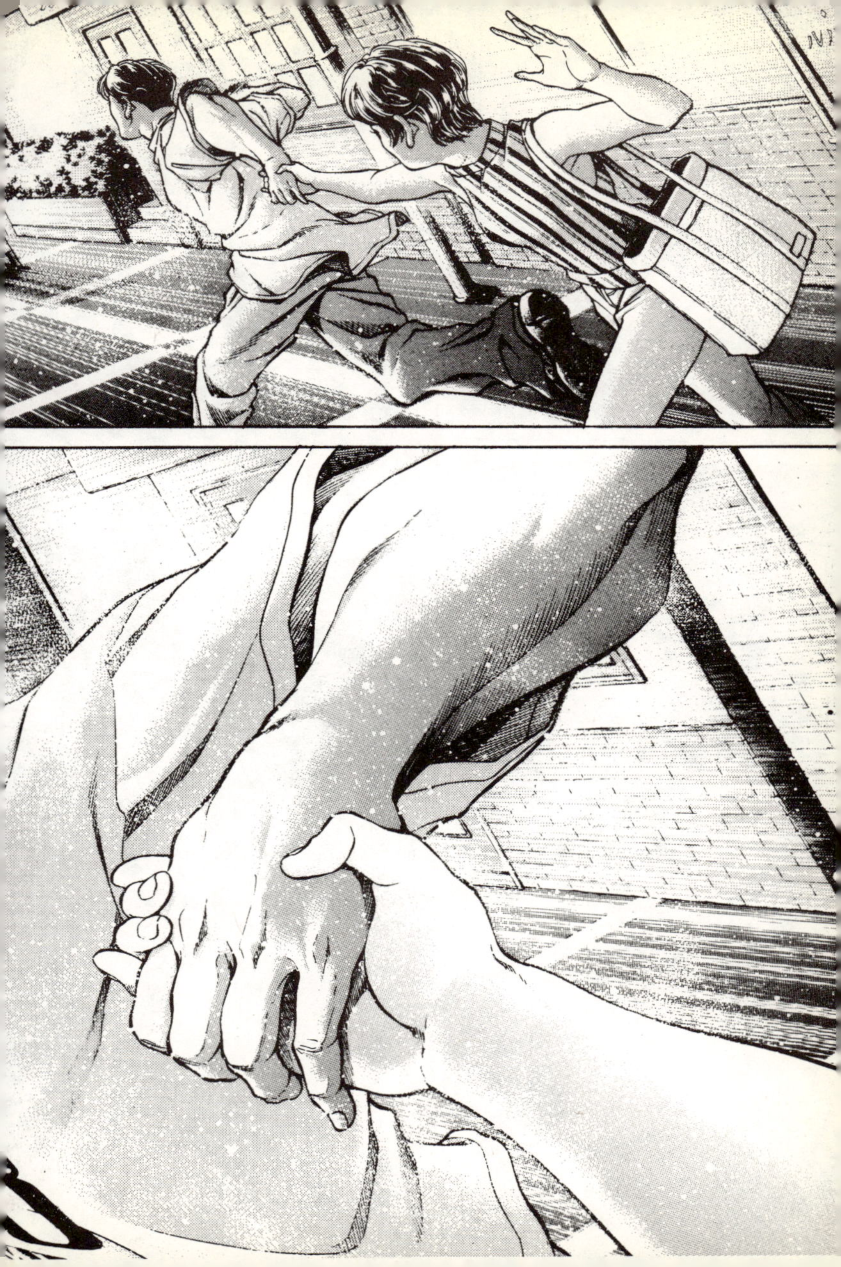

TU SAIS, KAZU...
秀山ビル
GRÂCE...
...À TOI...

AH !
JA-MAIS...
...JE N'AI SONGÉ À VOUS TUER...
!
YUKIE ?!
SAKURA !
YAMOTO !
QU'Y A-T-IL, YUKIE ?

J'AI...
J'AI EU TOUT LE BONHEUR DONT JE POUVAIS RÊVER.

CRR

La chaîne nationale de télévision. Abréviation pour : Corporation républicaine de radiodiffusion. Même si ce n'est qu'une chaîne commerciale, le gouvernement est très regardant quant au contenu des programmes. Les journaux d'informations sont, pour leur part, entièrement sous le contrôle du gouvernement mais ceux qui les regardent l'ignorent ou ne s'en soucient guère.

La maison de la charité

Institution privée d'aide aux mineurs, située dans la ville de Shiroiwa, dans le département de Kagawa. Lieu de vie pour les enfants qui, pour quelque raison que ce soit, sont privés de parents. Deux élèves du collège de Shiroiwa y résident, Shûya Nanahara et Yoshitoki Kuninobu. Il existe des institutions publiques équivalentes, mais la rumeur prétend qu'elles ne servent plus qu'à former les futurs soldats de l'armée de défense.

La musique ennemie (La musique décadente : Le rock)

En république d'Extrême-Orient, les influences culturelles étrangères sont strictement contrôlées, en particulier celles venant des États-Unis, le grand ennemi. La possession, la vente ou la diffusion d'albums de rock est passible de sévères sanctions. Toutefois, pour ceux qui ont les moyens, il existe des moyens détournés, comme le marché noir de cassettes et de partitions ainsi que le commerce de guitares électriques. Bien que le rock soit devenu le symbole de résistance pour tous les opposants au régime, l'étrange permissivité du gouvernement à son égard lui permet de maintenir son contrôle sur la population.

Wild seven

C'est la marque nationale de tabac que fume Shôgo Kawada. Il existe aussi d'autres marques comme «Baster» et «Hi-nite». C'est aussi le surnom de Shûya Nanahara, mais cela n'a aucun rapport avec cette marque de cigarettes.

Chapitre 12 : Les voilà qui se montrent

......
HMM
!
......
AH !
DÉS... DÉSO-LÉ...
JE T'AI RÉVEIL-LÉE...
MAIS NON...
...C'EST PLUTÔT À MOI DE M'EXCUSER, JE ME SUIS ENDORMIE.

ALORS, NORIKO…
TU AS MOINS MAL ?
……
OUI…
ÇA VA MIEUX.
TU PEUX MARCHER ?
IL FAUT QU'ON TROUVE UN ENDROIT PLUS SÛR.
D'AC-CORD.
ON LES TROU-VERA !
HEIN ?
CEUX QUI PENSENT COMME TOI, SHÛYA…
CEUX QUI REFUSENT DE PRENDRE PART À CE JEU CRUEL ET EN QUI NOUS POURRONS AVOIR CONFIANCE…
ON LES TROUVERA !

NOUS ALLONS CONTRE-ATTAQUER ! CES ENFOIRÉS DU GOUVER-NEMENT VONT VOIR CE QU'ILS VONT VOIR !!
OUAIS !!
......
IL FAUDRA AGIR AVEC PRUDENCE.
OUI.
CEPEN-DANT, COMME TU L'AS DIT...
...D'AUTRES VOUDRONT SÛREMENT EN DÉCOUDRE !
OUI.
!!
!!

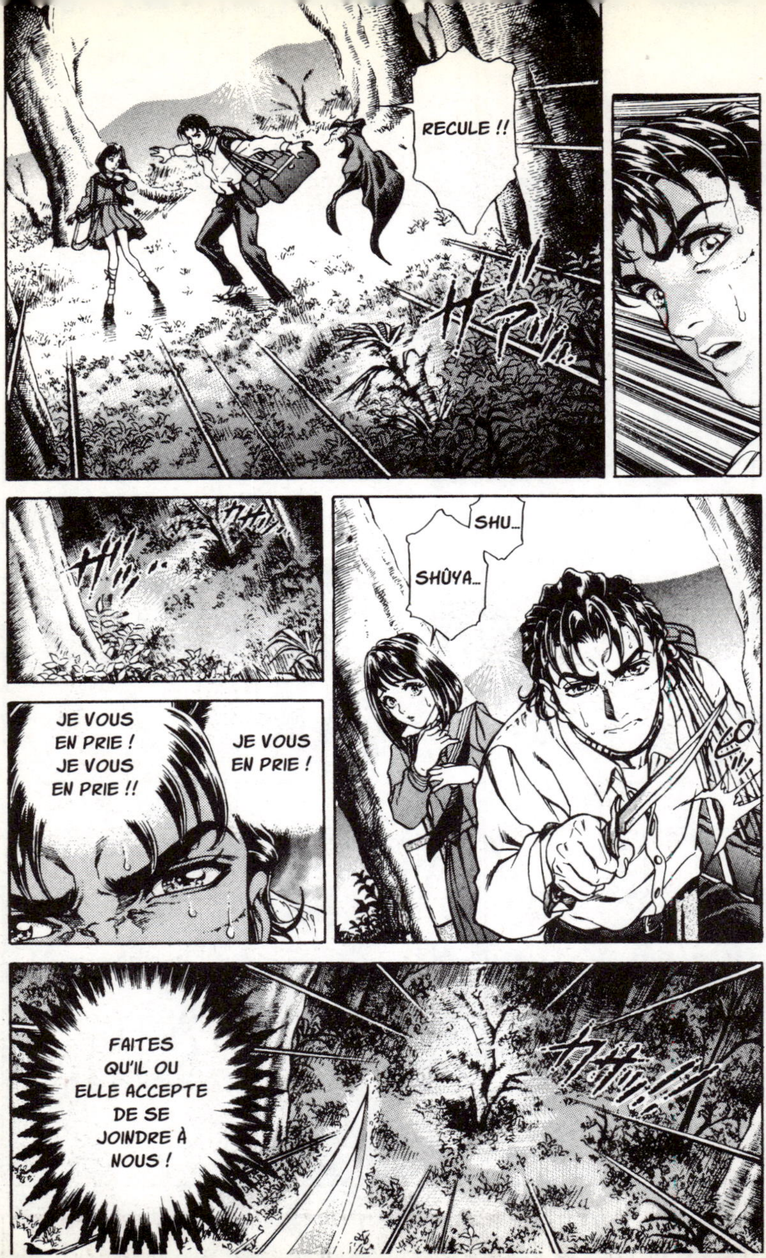
RECULE !!
SHU...
SHÛYA...
JE VOUS EN PRIE !
JE VOUS EN PRIE ! JE VOUS EN PRIE !!
FAITES QU'IL OU ELLE ACCEPTE DE SE JOINDRE À NOUS !

MIAOU
MIAOU
MIAOU
MIAOU
MIAOU
MIAOU

......
......
RON RON
!
NYAAAH
!
HI HI HI ! IL EST TROP MIGNON ♡
HI HI HI ♡
HEIN, MINOU. TU VEUX PAS NOUS FAIRE LA PEAU, N'EST-CE PAS ?!
HA HA HA ! JE CROIS BIEN QU'ON A UN NOUVEL ALLIÉ !

TATSUMICHI !
C'EST TOI, TATSUMICHI ?!
!
T'INQUIÈTE PAS !!
JE N'AI PAS L'INTENTION DE ME BATTRE AVEC TOI !!
......

TU AS EU PEUR, C'EST TOUT !!
TU T'ES DIT QU'IL FALLAIT TUER POUR NE PAS ÊTRE TUÉ... TA PEUR AVAIT PRIS LE DESSUS !
OUI !
N'EST-CE PAS, TATSUMICHI ?!
......
MAIS TU SAIS, NOUS AUSSI, ON EST MORTS DE PEUR.
ÉCOUTE, TATSUMICHI...
JE SUIS SÛR QU'AU FOND DE TOI...
...TU N'AS AUCUNE ENVIE DE PARTICIPER À CE JEU AVEC SES RÈGLES DÉBILES !
OUI, TATSUMICHI !! T'ES UN SOLIDE ET HONNÊTE GAILLARD !
T'ES UN CHIC TYPE, JE LE SAIS BIEN !

JOINS-TOI À NOUS !!
NOUS DEVONS TOUS UNIR NOS EFFORTS...
...POUR SE BARRER DE CE PUTAIN DE JEU !!
D'ACCORD, TATSUMICHI ?!
....
JE...
JE SUIS SOULAGÉ...
NANA-HARA...
!
!
TU FAIS LE BON CHOIX, TATSU-MICHI !!
OUAIS, VOILÀ !!

MA HACHETTE EST PLUS GROSSE...
...ET PLUS TRANCHANTE QUE TON PAUVRE COUTEAU !
!
TATSUMICHI, QU'EST-CE QUE ...?
!
YAAHH !

YAAAAH !!
ARRÊTE !!
AAAH !
SHÛYA !!
OUCH !

YAAARR !
!
!!
MPF
!
AH !

?
SHÛYA !
......
RAAH...
AH !
TATSU-
MICHI !

BLOP
BLOP
AAH !

NON...
TA-TSU-MICHI...
T'ES...
T'ES QU'UN PAUVRE CON !!
TATSU-MICHI !
ESPÈCE DE CONNARD !!
POURQUOI T'AS FAIS ÇA ?!
POURQUOI T'AS VOULU PARTICIPER À CE PUTAIN DE JEU ?!
HIER ENCORE, NOUS ÉTIONS DES CAMARADES DE CLASSE !!

J'AI TUÉ QUELQU'UN !!
JE L'AI TUÉ...
UUH UH
UH UH
NORIKO !
JE L'AI LAISSÉE TOUTE SEULE !
....
UUH UH
UUUH
IL FAUT QUE J'Y RETOURNE.
ELLE DOIT M'AT-TENDRE LÀ-HAUT !
SMITH & WESSON
KE005729
!

KYÔ...
ヒュオオ…
KYÔICHI...
...C'EST LE DIRECTEUR !
!?

MON... MON PÈRE, C'EST LE DIRECTEUR DÉPARTEMENTAL DE L'ENVIRONNEMENT...
OUAIS !
EN PLUS, J'AI PROUVÉ MA VALEUR EN ÉTANT LE CHEF DE CLASSE ET EN AYANT D'EXCELLENTES NOTES...
VOILÀ POURQUOI JE DOIS SURVIVRE ET RENTRER À LA MAISON !
......
KYÔICHI...
ALORS, TOI AUSSI ?!
TOI AUSSI, TU AS DÉCIDÉ DE PARTICIPER À CE JEU ?!

JE N'AI PAS L'INTENTION D'ASSASSINER MES AMIS !!
NOUS DEVONS JOINDRE NOS EFFORTS POUR QUE TOUT LE MONDE S'EN SORTE !
ALORS, POURQUOI FAITES-VOUS ÇA ?!

PLOC
PLOC
AH !

GYAAAAAAAH !!
!!
Chapitre 13 : Shôgo Kawada

!
KA...!

KAWADA !!
....
3ÈME B [GARÇON]
N°5 SHÔGO KAWADA

OUAAAAAH !
AAAH !
!
HMF !
OUAAAH !
KYÔ...
KYÔ-ICHI...
HÉ HÉ ♡
HA HA HA
LÂCHE ÇA !

KYÔICHI !
KYÔICHI !
BOUGE PAS !!

AH !
FAIS PAS LE CON, SINON JE TE BUTE !!
AUTANT QUE POSSIBLE, JE VOUDRAIS ÉVITER D'AVOIR À TE TUER DE MES PROPRES MAINS...
... ALORS ...
...NE BOUGE PAS !

......
EH ?!
DE MES PROPRES MAINS, T'AS DIT ?!
QU'EST-CE QUE...
......
サクサク
!!
C'EST MOI QUI POSE LES QUESTIONS !!
PIGÉ ?!
O.K.
TRÈS BIEN !
TOUT À L'HEURE, TU AS DIT :
JE N'AI PAS L'INTENTION D'ASSASSINER MES AMIS...
ET AUSSI «NOUS DEVONS JOINDRE NOS EFFORTS POUR QUE TOUT LE MONDE S'EN SORTE»...
QU'ENTENDAIS-TU PAR LÀ ?!
!
OUI !
C'EST ÇA !
C'EST BIEN ÇA !!
JE CHERCHE DES ALLIÉS !
......

PARCE QU'UNE RÈGLE QUI DIT QU'ON DOIT S'ENTRETUER ENTRE CAMARADES DE CLASSE, C'EST DU N'IMPORTE QUOI !!
ARRÊ-TE !
JE T'AI DIT DE PAS BOUGER !!
VOILA POURQUOI JE DOIS TROUVER DES ALLIÉS...
...POUR QU'ON PUISSE SE BARRER DE CE PUTAIN DE JEU !
S'IL TE PLAÎT, ACCEPTE !! JOINS-TOI À NOUS !!
ALLEZ !
S'IL TE PLAÎT !!
......
....
VAS-Y...
C'EST QUOI TON PLAN ?!
EUH...
J'EN AI PAS ENCORE...
MAIS SI ON RÉFLÉCHIT TOUS ENSEMBLE... !
!!
AH !

NORIKO !!
SHÛYA !
BOUGE PAS !!
!!
ARRÊTE, NE TIRE PAS !!
NORIKO EST MON ALLIÉE!
!
QUOI ?
TON ALLIÉE, TU DIS ?!
PAR-FAI-TE-MENT !
ELLE N'A AUCUNE INTENTION DE SE BATTRE, ELLE NON PLUS !!

……………
DIS-MOI…
…MON POTE !!
!!
!
T'ES BIEN SÛR D'AVOIR PIGÉ LES RÈGLES DU «PROGRAMME» ?!
JE T'EXPLIQUE !!
POUR QUE CE JEU SE TERMINE, IL NE DOIT PLUS EN RESTER QU'UN !
ON DOIT S'ENTRETUER !
……
VU LA SITUATION, TU PENSES VRAIMENT QUE QUELQU'UN ACCEPTERA DE TE FAIRE CONFIANCE ?!
DOM DOM
MOI, JE LUI FAIS CONFIANCE …
!

MOI, JE VEUX M'ENFUIR DE CETTE ÎLE AVEC SHÛYA !!
«CES ENFOIRÉS DU GOUVERNEMENT VONT VOIR CE QU'ILS VONT VOIR», COMME IL A DIT !!
NORIKO...
......
EH ?!
ÉCOUTE, MA JOLIE.
SI JAMAIS VOUS RÉUSSISSEZ À VOUS BARRER DE CETTE ÎLE...
...VOUS SEREZ CONSIDÉRÉS COMME DES CRIMINELS.
LES MECS DU GOUVERNEMENT VOUS TRAQUERONT TANT QU'ILS VOUS AURONT PAS BUTÉS !!
CE QUI VEUT DIRE...
...QU'IL SERAIT RIDICULE DE GARDER LE MOINDRE ESPOIR DANS UNE TELLE SITUATION !!
J'AI PAS RAISON ?!
NON, JUSTEMENT.
NOUS, ON GARDE ESPOIR.

ET C'EST DANS UN MOMENT AUSSI TRAGIQUE QUE CELUI-CI QU'IL FAUT CONTINUER À GARDER ESPOIR.
L'ÉNERGIE QUI NOUS POUSSE À VIVRE ET À ALLER DE L'AVANT DOIT EMPLIR NOTRE CŒUR !!
C'EST CE QUE M'A APPRIS SHÛYA !!

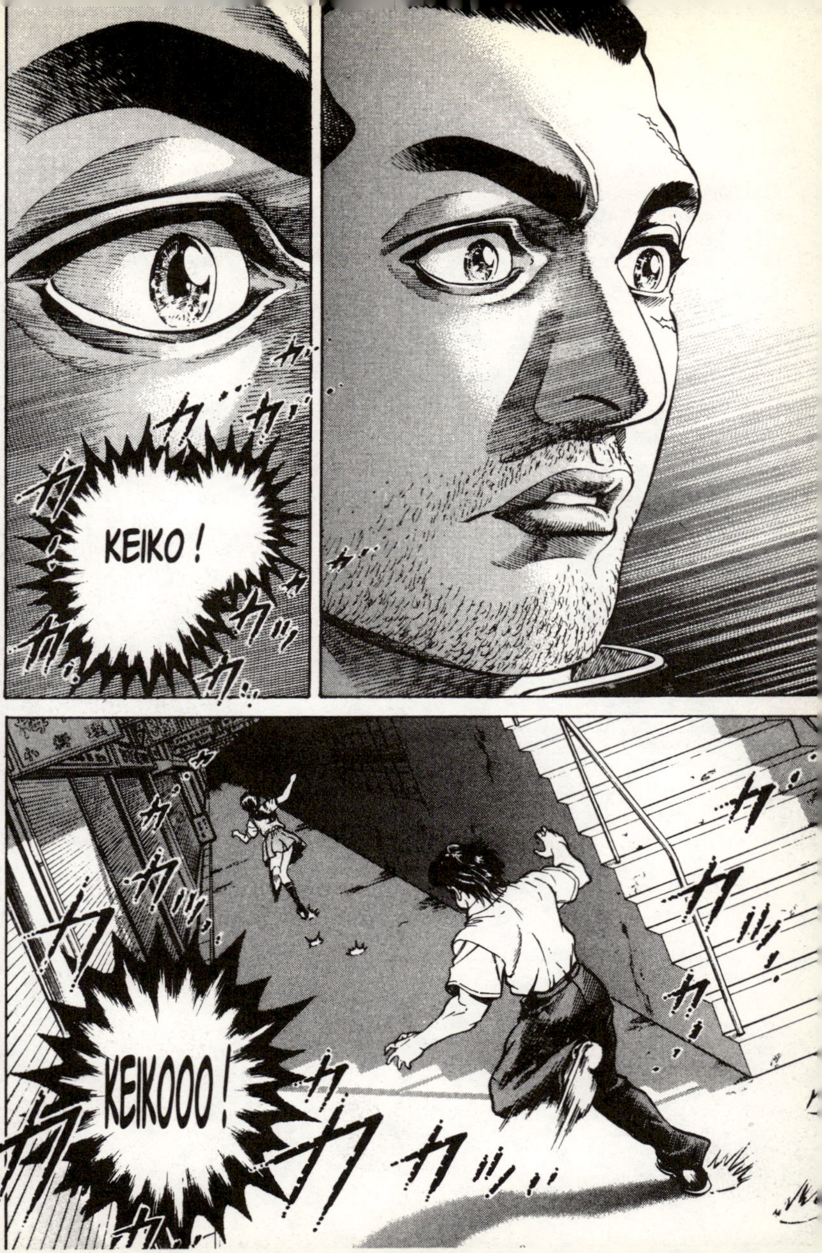
KEIKO !
KEIKOOO !

KEIKO, C'EST MOI !
TU NE ME RECONNAIS PAS ?!
KEIKO !
NON !
VA-T-EN !
EH ?!
N'APPROCHE PAS !!
......
KEI...

......
JE VOIS...
KEIKO !!
L'ÉNERGIE QUI NOUS POUSSE...
...À VIVRE...
...ET À ALLER DE L'AVANT...
À PROPOS, POUPÉE...
IL FAUT QUE JE T'EXPLIQUE POUR TOUT À L'HEURE...
J'AI DESCENDU MOTOBUCHI PARCE QUE JE N'AVAIS PAS LE CHOIX... JE VOULAIS QUE TU LE SACHES.
!
EH ?!
O.K.
J'AI BIEN COMPRIS
C'EST D'ACCORD.
!
......
KA-WADA !

OUI, C'EST VRAI, NORIKO.
KAWADA M'A SAUVÉ LA VIE !
HEIN ?!
QUOI ?!
«SAUVÉ LA VIE», TU DIS ?
……
EN FAIT…
CE SONT JUSTE LES CIRCONSTANCES QUI ONT VOULU ÇA…
……
MON POTE…
TU T'APPELLES NANAHARA, JE ME TROMPE ?
?
!
NON, C'EST BIEN ÇA !
JE DOIS RECONNAÎTRE…
SHÛYA NANAHARA…
…QUE T'AS EFFECTIVEMENT L'AIR D'ÊTRE UN MEC BIEN.
!
!

ALORS, ÉCOUTE...
!
SI JAMAIS TU TOMBES EN FACE DE TYPES QUI VEULENT TE FAIRE LA PEAU, N'AIE AUCUNE PITIÉ !
SINON, C'EST TOI QUI MOURRAS !
COMPRIS ?!
EH ?!
QU...?
ET PUIS, SI JAMAIS TU TE FAIS TUER...
...QUI PROTÉGERA CETTE CRÉATURE DE RÊVE ?!
HEIN ?!
!

あせっ
PAS DU TOUT !
KYAH
JE NE SUIS PAS SA...
SHÛYA ET MOI, ON EST JUSTE...
......
DIS, MA BELLE...
JE PEUX TERMINER ?
EUH...
......
VAS-Y...
JE T'EN PRIE...
QUOI QU'IL EN SOIT...
NANA-HARA.
......
SI JAMAIS TU RECOM-MENCES...
...CES CONNERIES DE JUSTICIER AU GRAND CŒUR...
...TU TE DÉMERDES TOUT SEUL !
!
!

ALORS...
ÇA VEUT DIRE QUE TU... !
BON...
PUISQUE C'EST DÉCIDÉ...
...INUTILE DE RESTER PLANTÉS LÀ, À DÉCOUVERT.
FANTASTIQUE ! C'EST FANTASTIQUE, N'EST-CE PAS SHÛYA ?
NOUS AVONS UN NOUVEL ALLIÉ.
ALLONS NOUS METTRE À L'ABRI, ON DISCUTERA APRÈS.
KAWADA !

Chapitre 14 : Le cauchemar

Chapitre 14 : Le cauchemar

KYAAAH SHÛYAAA !!
SHÛYA
YO-SHI-TOKI
HÉ BEN...
DIS, SHÛYA...
C'EST MOI LE BASKET-TEUR, ICI...
TU POURRAIS ME LAISSER UN PEU LA VEDETTE !
!
DIS-MOI QUE JE RÊVE, MIMURA.
UNE STAR COMME TOI FAIT LA TÊTE PARCE QUE LE MODESTE AMATEUR QUE JE SUIS A SON PETIT MOMENT DE GLOIRE ?!
IL A RAISON, NANAHARA !
!
TU POURRAIS ME LAISSER MA PART, À MOI AUSSI ♡
DE QUOI ?
TOI AUSSI, TATSU-MICHI...
...TU VEUX TA...

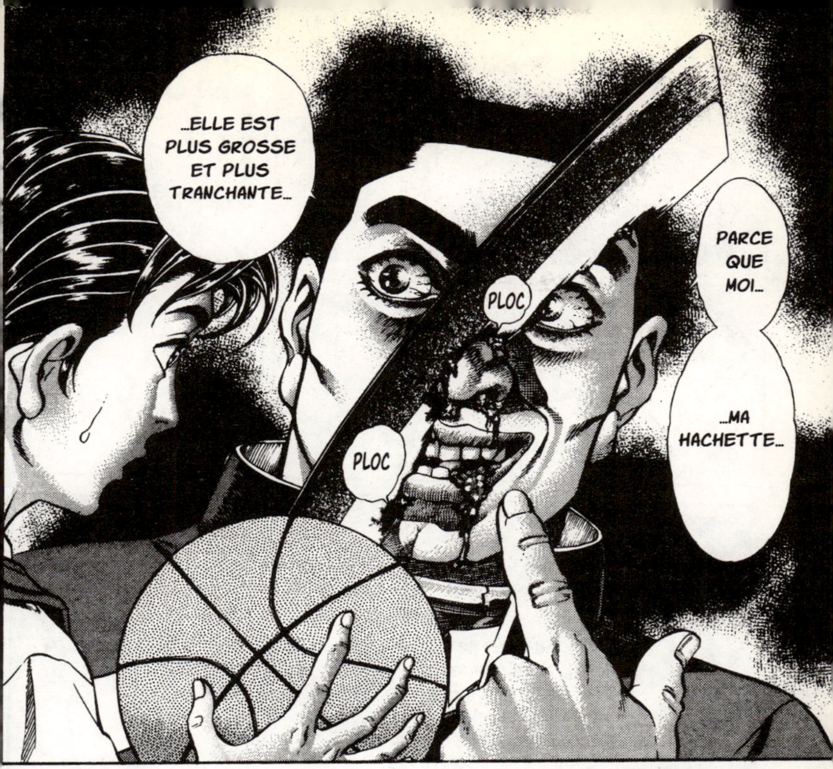
PARCE QUE MOI...
...MA HACHETTE...
PLOC
PLOC
...ELLE EST PLUS GROSSE ET PLUS TRANCHANTE...
TA...!
TATSU-MICHI !
......
MOI, C'EST PAS LA PEINE, NANAHARA ! JE NE POURRAI PAS ATTRAPER TES PASSES...
...PARCE QUE...
EH ?!

MOI...
...MON PÈRE...
...IL EST DIRECTEUR DÉPAR-TEMENTAL DE L'ENVIRON-NEMENT !
...J'AI LE BRAS DROIT EN COMPOTE !
OUUUAAAAAH !!
SHÛYA, ÇA VA ?
YO-SHI-TO-KI...
AH...
!!
OUAAAAH !

EST-CE QUE TU VEUX BIEN PROTÉGER MA BIEN-AIMÉE ?!
!!
GUUH
GUUH
GUUH
EST-CE QUE ÇA VA, SHÛYA ?!
YO...
YOSHITOKI !!
..YA !!
SHÛYA !

SHÛYA !!
!!
MPF
MPF
......
SHÛYA ?!
EST-CE QUE ÇA VA ?
MPF
......
NORIKO
J'AI... J'AI...
J'AI TUÉ QUELQU'UN !
MOI !
......
AH ?!
SHÛYA...
TU LES ENTENDS, N'EST-CE PAS ?!

LES BATTEMENTS DE MON CŒUR ?
……
……
OUI, JE LES ENTENDS…
JE LES ENTENDS, NORIKO…
!
MERCI BEAUCOUP
JE ME SENS MIEUX.
DE RIEN.
……
TU SENS TRÈS BON, TU SAIS…
ARRÊTE !
MON DERNIER BAIN DATE D'HIER !
T'AS FAIT UN CAUCHEMAR, NANAHARA ?
……
C'EST PAS ÉTONNANT…
!!
!!
NE TIRE PAS !
CE N'EST PAS UN MAUVAIS SIGNE…
TU SAIS…

IL PARAÎT QUE LES RÊVES...
...SERVENT À METTRE EN ORDRE NOS DIFFÉ-RENTS SOUVENIRS...
SURTOUT LES MAUVAIS RÊVES...
...ON EN FAIT LORSQU'ON SE SENT COUPABLE DE QUELQUE CHOSE...
KAWADA...
ALORS, C'EST VRAI... JE ME SUIS FAIS UN ALLIÉ.
FAIRE DES CAUCHEMARS NOUS PERMET D'ÉVACUER NOS SENTIMENTS DE CULPABILITÉ, PARAÎT-IL...
BREF...
CELA SIGNIFIE QUE TON ESPRIT TOURNE ENCORE ROND.
QUE TU ES ENCORE EN ÉTAT DE FAIRE FACE À CETTE SITUATION DE MERDE.
TENEZ !
CE SONT LES SACS DE MOTO-BUCHI ET DE ÔKI...
METTEZ TOUT DANS UN SEUL SAC.
ÇA FACILITERA NOTRE DÉPLA-CEMENT.
O.K.
COM-PRIS...
......

FLO FLO
AU FAIT, Y'A DES BALLES POUR LE FLINGUE DANS LE SAC.
RE-CHARGE-LE.
TZING
KAWADA
QU'EST-CE QUE TU FAIS ?!
!
QUOI, ÇA ?
C'EST UN SYSTÈME D'ALARME RUDIMENTAIRE...

J'AI TENDU UN FIL TOUT AUTOUR DE NOUS SUR UN RAYON DE 20 MÈTRES...
...ET JE L'AI ATTACHÉ A CE RONDIN.
SI QUELQU'UN ACCROCHE LE FIL, CELUI-CI TIRERA SUR LE RONDIN, LEQUEL RONDIN TOMBERA DE L'ARBRE.
RAS-SURE-TOI.
CELUI QUI LE FERA TOMBER NE DEVRAIT MÊME PAS S'EN APER-CEVOIR...
DE TOUTE FAÇON...
...NOUS SERONS PRÊTS À L'ACCUEILLIR...
DIS...
...TU L'AS TROUVÉ OÙ CE FIL ?
RÉFLÉ-CHIS, MON POTE.
MÊME SUR UNE ÎLE COMME CELLE-CI, Y'A DES QUINCAIL-LERIES.
ET COMME J'AVAIS BESOIN DE PLUSIEURS TRUCS, J'Y SUIS ALLÉ DIRECT APRÈS MA SORTIE.
......

......
!
ON NE SAIT PAS QUAND L'ENNEMI NOUS ATTAQUERA.
AU LIEU DE DEMANDER ÇA, TU FERAIS MIEUX DE CHARGER LE FLINGUE.
AU CAS OÙ TU LE SAURAIS PAS, MON POTE...
PFUU
......
C'EST NOS CAMARADES DE CLASSE QUE TU TRAITES D'ENNEMIS ?!
DIS-MOI !
HÉ LÀ, KAWADA !!
...MANGE UN MORCEAU, SINON TU NE TIENDRAS PAS LE COUP !
C'EST BON, ARRÊTE. SI T'AS FINI DE LE CHARGER...
OK, MAIS...
OUI ...
CE SONT LES RÈGLES DU JEU.
Y'A PLEIN DE TYPES QUI RÊVENT DE TE BUTER.

KAWADA !!
ON A DIT QU'ON ALLAIT RÉUNIR TOUT LE MONDE AFIN D'UNIR NOS EFFORTS ET S'ÉCHAPPER DE CETTE ÎLE !
C'EST POUR ÇA QUE T'ES AVEC NOUS, NON ?!
QUOI ?!
CHUT !
ÇA VA COMMENCER !
!?
QU'EST-CE QUI VA...?
PYUH
CHERS ÉLÈVES !
JE VOUS ♡ SOUHAITE BIEN LE BONJOUR
ICI M. KAMON, VOTRE PROFESSEUR ♡
IL EST 6 HEURES DU MATIN.
EST-CE QUE TOUT LE MONDE VA BIEN ?
C'EST L'HEURE D'ALLER EN CLASSE.
!!
KAMON !!
!

TRÈS BIEN, VOICI LES NOMS DE VOS PETITS CAMARADES DÉJÀ MORTS.
JE COMMENCE PAR LES GARÇONS ♡
JE VOUS LES DONNE PAR ORDRE DE DÉPART : N°1, YOSHIO AKAMATSU.
!!
AKAMATSU !!
MAIS IL ÉTAIT JUSTE ÉVANOUI QUAND ON EST PARTI...
AKAMATSU ...
UNE FOIS ÉVANOUI...
...IL FAISAIT UNE PROIE IDÉALE POUR CELUI OU CELLE QUI SORTAIT APRÈS.

N°3, TATSU-MICHI ÔKI
N°9, HIROSHI KURO-NAGA
N°10, RYÛHEI SASA-GAWA
N°20, KYÔ-ICHI MOTO-BUCHI
N°17, MITSURU NUMAI
N°21, KAZU-HIKO YAMA-MOTO
QUOI ?!
AUTANT QUE ÇA ?!
......
ET MAIN-TENANT, LES ♡ FILLES
N°3, MEGUMI ETÔ
N°5, IZUMI KANAI
N°4, SAKURA OGAWA
N°14, MAYUMI TENDÔ
JE VOIS QUE TOUT LE MONDE S'ACCROCHE ! VOTRE PROFESSEUR EST FIER DE VOUS ! ♡

TRÈS BIEN, VOICI LES ZONES QUI SERONT INTERDITES AINSI QUE LEURS HORAIRES.
......
DANS UNE HEURE, SOIT À 7H : J2
ENSUITE, À PARTIR DE 9H : F1
ET À PARTIR DE 11 HEURES : H8
SHRIH
C'EST TOUT.
ET BON COURAGE POUR ♡ AUJOURD'HUI
PYUH
PFFF
NOTRE ZONE N'EST PAS CONCERNÉE...
ON VA POUVOIR SE REPOSER UN PEU.
POF
QUOI QU'IL EN SOIT...
TU AS ENFIN COMPRIS...
NANAHARA.
!
......

QUE CE PUTAIN DE JEU DE MASSACRE ÉTAIT BEL ET BIEN LANCÉ …
… ET QU'IL AVANÇAIT INEXORABLEMENT.
DIS-MOI…
3ÈME B [FILLE] N°6 YUKIKO KITANO
YUMIKO
3ÈME B [FILLE] N°7 YUMIKO KUSAKA
OUI ?

TU CROIS VRAIMENT QUE TOUT LE MONDE VIENDRA ?
QUE SI ON LANCE UN APPEL DEPUIS CETTE PLATE-FORME D'OBSERVATION...
...ILS CESSERONT DE S'ENTRETUER ET ILS NOUS REJOINDRONT ?
TU SAIS, YUKIKO...
SI TU ES CONTRE, ON NE LE FAIT PAS.
NON...
JE NE SUIS PAS CONTRE...
J'AI UN PEU PEUR, C'EST TOUT...
MAIS IL FAUT LE FAIRE, YUMIKO !!
COMME TU L'AS SI BIEN DIT...
CE SERAIT IDIOT DE MOURIR SANS RIEN TENTER.
IL VAUT BIEN MIEUX CROIRE EN QUELQU'UN !!
YUMIKO...
T'ES SUPER !
ギュッ
DIS...
TU SAIS QUOI...
YUMIKO...
OUI ?!

TU CROIS QUE NANAHARA NOUS REJOINDRA...
SI NOTRE PLAN RÉUSSIT ?
......
YUKIKO
HEIN ?
TU CROIS QU'ON POURRA LE VOIR ?
......
TU SAIS, KAWA-DA...
JE VEUX...
!
HEIN ?!

JE VEUX TOUT DE MÊME Y CROIRE !!
CERTES, CE NE SERA PEUT-ÊTRE PAS TOUT LE MONDE...
MAIS JE SUIS SÛR QU'IL Y A D'AUTRES ÉLÈVES DE LA CLASSE...
...QUI PENSENT EXACTEMENT COMME MOI !!!
JE SUIS SÛRE QU'ON LE VERRA !
OUI, NANAHARA NOUS REJOINDRA SÛREMENT !
SUPER ♡

Chapitre 15 : Les conditions

MAINTENANT QU'ON EST LÀ...
...TON IDÉE DE MONTER ICI...
...POUR APPELER LES AUTRES, ME FAIT VRAIMENT PEUR...
QUAND JE PENSE...
QU'IL Y A DÉJÀ EU 13 VICTIMES...
LE «PROGRAMME» EST DÉJÀ EN MARCHE...
YUKIKO...
JE TE L'AI DÉJÀ DIT...
SI TU VEUX PAS, ON LE FAIT PAS...
EXCUSE-MOI, YUMIKO...
JE NE SUIS QU'UNE BONNE À RIEN...
HEIN ?
À CHAQUE FOIS, JE COMPTE SUR TOI...
...ET JE TE METS TOUJOURS DANS LE PÉTRIN.
LEQUEL TU ME CONSEILLES, YUMIKO ?
PRENDS LE CHEESE-CAKE AUJOURD'HUI, ♡ TU PRENDRAS L'AUTRE LA SEMAINE PROCHAINE.

......
QU'EST-CE QUE TU RACONTES, YUKIKO ?!
!
......
TU SAIS, EN CE QUI ME CONCERNE...
JE CROIS QUE JE T'AI TOUJOURS ENVIÉ...
...TA GENTILLESSE ET TA FÉMINITÉ.
GÉNIAL C'EST VRAIMENT TOI QUI L'AS ♡ FAIT ?!
REGARDE, YUMIKO !
JE T'AI TRICOTÉ LA MÊME ÉCHARPE QUE MOI ♡
DIS PAS DE BÊTISES !
C'EST MOI QUI DEVRAIS T'ENVIER !!
TU ES GRANDE, SPORTIVE ET LES TRAITS DE TON VISAGE SONT MAGNIFIQUES.
......
T'AS RAISON, ON FORME VRAIMENT...
...UNE PAIRE MAL ASSORTIE.
HA HA HA
......
JE SAIS !
MAIS ON EST LES MEILLEURES ♡ AMIES DU MONDE.

C'EST VRAI !
ON NE SE QUITTERA JAMAIS !
OUI ♡
DIS...
...TU TE SOUVIENS, YUMIKO ?
DE QUOI ?!
LORSQU'ON ÉTAIT EN PRIMAIRE...
...LA FOIS OÙ ON DEVAIT FAIRE DES ŒUFS DURS EN COURS DE CUISINE...
...TU ÉTAIS VENU ME DEMANDER UN COUP DE MAIN...
YUKIKO !
JE L'AI ENCORE CASSÉ !
LA CUISINE ÉTANT LA SEULE CHOSE POUR LAQUELLE J'ÉTAIS DOUÉE...
OUI, JE M'EN SOUVIENS !
NOTRE «MÉTAFUSION» !
HI HI
HÉ HÉ
OUI.

SI TU REMUES AVEC TES BAGUETTES, COMME ÇA…
LE JAUNE RESTERA BIEN AU MILIEU…
D'ACCORD, JE VOIS.
UNE FOIS N'EST PAS COUTUME, C'ÉTAIT À MON TOUR DE TE DONNER DES CONSEILS. ÇA ME FAISAIT PLAISIR.
ET ALORS…
WAAH !
DITES, YUKIKO ET YUMIKO…
…VOUS AVEZ FAIT DES MERVEILLES !!
HÉ HÉ
OH…
OUI, MAIS…
CELUI DE YUKIKO EST UN TOUT PETIT PEU TROP CUIT.
PAR CONTRE, CELUI DE YUMIKO EST PARFAIT.
!
!
JE SAIS ! JE SAIS !
T'ÉTAIS TELLEMENT OCCUPÉE À M'EXPLIQUER…
QUE T'AS LAISSÉ CUIRE TES ŒUFS TROP LONGTEMPS.
DÉSOLÉE !

SUR LE MOMENT, JE ME SUIS DIT...
... QUE SI JAMAIS TU VENAIS À ME SURPASSER EN MATIÈRE DE CUISINE, MON SEUL TALENT...
...IL N'Y AURAIT PLUS RIEN CHEZ MOI DONT JE PUISSE ÊTRE FIÈRE.
ALORS, JE ME SUIS MISE À PLEURER...
JE.. JE SUIS DÉSOLÉE, YUKIKO !
TOUT EST DE MA FAUTE..
ALLONS ! ALLONS !
QU'Y A-T-IL, YUKIKO ?
YUMIKO ET LA MAÎTRESSE SEMBLAIENT VRAIMENT EMBÊTÉES..
!
WAAH, ♡ TROP BON

ALLEZ, GOÛTE, YOSHITOKI !! C'EST SUPER BON !!
C'EST MALIN !
À FORCE DE BEUGLER COMME ÇA...
...TU NOUS AS FAIT REPÉRER !
ÇA ALORS !
SHÛYA !
DÎTES VOIR !
CES DEUX-LÀ...
CE SONT LES VÔTRES, KITANO ET KUSAKA ?!
BAH...
OUI...
!

BARON 1 !!
MÉTAFUSION !!
POUIK
VOUS FORMEZ VRAIMENT UNE DRÔLE DE PAIRE, TOUTES LES DEUX !
DÉLICIEUX ♡
ARRÊTE, SHÛYA ! DESCENDS DE LÀ !
!?
!?

VOUS RESSEMBLEZ À TAKESHI ET HIROSHI…
LES HÉROS DE «BARON 1» !
EH ?!
?
QUOI ?! VOUS CONNAISSEZ PAS «BARON 1» ?
ON VA VOUS MONTRER COMMENT ILS FUSION-NENT !
C'EST TROP GÉNIAL !!
HEIN ?!
MOI AUSSI, JE DOIS LE FAIRE, SHÛYA ?!
AUCUN MÉCHANT NE RÉGNERA SUR CE MONDE !
OUI, CAR…
HIROSHI ET TAKESHI NE LE PERMET-TRONT JAMAIS !!
LORSQUE LEURS 2 FORCES FUSIONNENT…
… ALORS …
…JAILLIT UN POUVOIR SUR-HUMAIN !

MÉTAFUSION !!
BARON 1 !!
PFU FU
VOUS ÊTES TRÈS DOUÉS.
HIROSHI LE KARATEKA ET TAKESHI LE SCIENTIFIQUE FORMENT UNE PAIRE DÉTONANTE...
LORSQU'ILS UNISSENT LEURS FORCES, LES «MYSTÉRIEUX ÉGOLINES» N'Y RÉSISTENT PAS !
ILS ONT TROP LA ♡ CLASSE !
MÉTAFUSION !! JE SAIS PAS POURQUOI, MAIS JE TROUVE QUE VOUS FORMEZ UNE PAIRE DÉTONANTE, VOUS AUSSI.
!
IL VA SANS DIRE QUE YOSHITOKI ET MOI...
...LORSQU'ON JOINT NOS FORCES, ON FORME AUSSI UNE PAIRE DÉTONANTE !
!
ÇA POUR ÊTRE DÉTONANTE...
SOUVENT, JE SAIS PLUS OÙ ME METTRE...
PFFU
PFFU

REGARDE !
ON EST DES STARS, YOSHITOKI ! ♡
AH, CES DEUX-LÀ... ILS ÉTAIENT TROP MIGNONS.
PFU FU !
HI HI
......
...
TU SAIS, À L'ÉPOQUE...
JE PENSAIS QUE LES GARÇONS N'ÉTAIENT QUE DES BRUTES ÉPAISSES.
JE LES AIMAIS PAS.
MAIS LÀ...
...JE NE SAIS PAS COMMENT, CET IDIOT DE SHÛYA...
...AVAIT RÉUSSIT À ME COMMUNIQUER SA BONNE HUMEUR.
C'ÉTAIT LA PREMIÈRE FOIS QUE JE RESSENTAIS ÇA.

MAIS QUELLE AUDACE, QUAND MÊME...
OU PLUTÔT, QUELLE MERVEILLEUSE INNOCENCE...
S'INTRODUIRE DANS LA SALLE DE COURS POUR MANGER DES ŒUFS DURS ALORS QUE LA MAÎTRESSE EST LÀ.
......
......
IL AVAIT SÛREMENT COMPRIS...
EH ?!
TU VOIS, SHÛYA...
...QUAND IL SENT QU'UNE PERSONNE A LE MORAL À ZÉRO...
...IL VA LA VOIR ET IL FAIT LE PITRE POUR LA DISTRAIRE.
C'EST COMME POUR LE COUP DE LA «MÉTAFUSION»...
...IL S'ÉTAIT SÛREMENT APERÇU QU'ON N'ALLAIT PAS FORT.
SHÛYA EST COMME ÇA.

TU SAIS, YUMIKO...
JE SUIS AMOUREUSE DE SHÛYA.
......
JE SAIS.
ギュッ..
スッ..
OK !
FAISONS CE QUE TU AS DIS, YUMIKO !
ON VA S'ADRESSER AUX AUTRES...
ET LEUR DIRE D'ARRÊTER CE MASSACRE !!
!
YUKIKO...
PARCE QUE NOUS SOMMES SEMBLABLES...
...AUX HÉROS DE «BARON 1» !!

YUKIKO.
JE SUIS TERRIFIÉE, MAIS JE M'ACCROCHERAI !
JE SAIS ! JE SAIS !
YUKIKO !
SOYONS COURAGEUSES !

NANAHARA...
!
TOUT À L'HEURE, TU M'AS DIT...
...QUE TU VOULAIS CROIRE QUE CERTAINS REFUSERAIENT DE PARTICIPER À CE JEU...
......
OUI.
......
KAWADA, T'AS SANS DOUTE RAISON !
LE MASSACRE A DÉJÀ COMMENCÉ !!
MAIS MOI...
...JE VEUX QUE TOUS NOS CAMARADES DE CLASSE EN RÉCHAPPENT !
......
DONC...
TU VEUX RÉUNIR TOUT LE MONDE ET TROUVER UN MOYEN DE SE TIRER D'ICI...
OUI, C'EST ÇA !!

OUAIS, POUR L'INSTANT...
J'AI PENSÉ À PAS MAL DE TRUCS, MAIS RIEN DE VRAIMENT VIABLE...
CEPENDANT, TU NE SEMBLES PAS AVOIR TROUVÉ CE FAMEUX MOYEN...
CE NE SONT DONC QUE DES PAROLES EN L'AIR...
....
....
....
....
JE VOIS...
LEURS PUTAINS DE RÈGLES SONT VRAIMENT BIEN FOUTUES !!
......
PFUU
IL N'Y A QU'UN SEUL MOYEN...
!
!
....
HEIN ?!
......
....
....

C'EST LE SEUL MOYEN DE SE TIRER D'ICI.
C'EST ASSEZ RISQUÉ, MAIS...
EH ?!
HOLÀ !
METS-LA EN SOURDINE, TU VEUX TE FAIRE TUER OU QUOI ?!
QUOI ?! LEQUEL ?!
......
QUEL GENRE ?
IL Y A 2 CONDITIONS...
......
SEU-LEMENT...

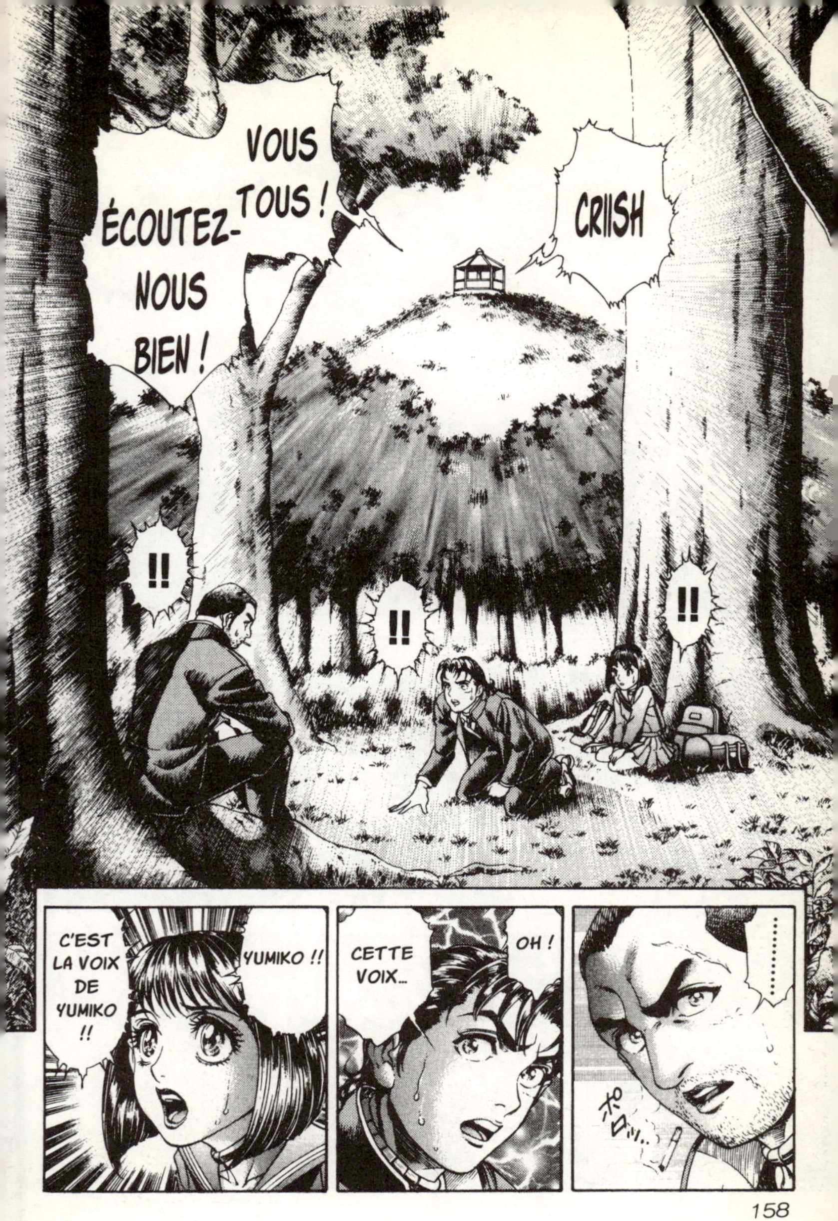
CRIISH
VOUS TOUS !
ÉCOUTEZ-NOUS BIEN !
!!
!!
!!
......
OH !
CETTE VOIX...
YUMIKO !!
C'EST LA VOIX DE YUMIKO !!
ポロッ..

ARRÊTEZ DE VOUS BATTRE ET VENEZ TOUS NOUS REJOINDRE !!
OUI !!
VENEZ NOUS REJOINDRE ! VOUS NE VOULEZ PAS VOUS BATTRE, N'EST-CE PAS ?!
IL Y A AUSSI YUKIKO !
SUPER, ELLES SONT LÀ-BAS !
VOILÀ DE NOUVELLES ALLIÉES !
MANQUAIT PLUS QUE ÇA !!
SI ELLES CONTINUENT À SE FAIRE REMARQUER, ELLES VONT FINIR PAR SE FAIRE TUER !
IL FAUT ALLER LES AIDER !
!!
KAWADA ! QU'EST-CE TU FOUS ?
ARRÊTE TES CONNERIES !
SI JAMAIS TU MONTES SUR CETTE PLATE-FORME...
......
...TU NE FERAS QU'UNE CIBLE DE PLUS.
MAIS ELLES SONT EN DANGER !!

JE T'AI DIT QU'IL Y AVAIT DEUX CONDITIONS !!
LA PREMIÈRE, C'EST QUE NOUS SOYONS LES DERNIERS SURVIVANTS !!
LES AUTRES DEVRONT TOUS MOURIR...
!!
QU...
QU'EST-CE TU DIS ?!
C'EST ÇA TON PLAN POUR T'ÉCHAPPER D'ICI ?!
LAISSER NOS CAMARADES SE FAIRE TUER...
...JUSQU'À CE QU'ON SOIT LES SEULS SURVIVANTS ?!
KAWADA ?!
......

Chapitre 16 : La voix de la raison

ÉCOUTE-MOI BIEN, SHÛYA !
CE QUE JE DIS, C'EST QUE LA DISTANCE POUR LES REJOINDRE EST TROP IMPORTANTE !
!!
PERSONNE NE SAIT SI LES AUTRES NE SONT PAS DÉJÀ EN CHEMIN !
TU T'ES DÉJÀ FAIT ATTAQUER PAR MOTOBUCHI ET ÔKI !
SI TU VAS LÀ-BAS...
S'IL VOUS PLAÎT, VENEZ TOUS !
...TU VAS TE FAIRE TIRER COMME UN LAPIN !!
SI TU VEUX MOURIR, ÇA TE REGARDE...
...MAIS EN ABANDONNANT NORIKO À SON SORT, TU LA CONDAMNES À UNE MORT QUASI-CERTAINE !
L'AURAIS-TU OUBLIÉ ?
!

ÉCOUTE !
LORSQU'ON AIME QUELQU'UN, IL N'Y A DE PLACE POUR PERSONNE D'AUTRE.
SI TU TIENS VRAIMENT À NORIKO, N'Y VA PAS...
KAWADA...
D'AC- CORD...
MAIS QUAND MÊME...
ALORS, QU'EST-CE QU'ON VA FAIRE ?
LES REGARDER SE FAIRE TUER ?
JE N'AI PAS DIT ÇA, NON PLUS !
ARRÊTEZ DE VOUS BATTRE ! VENEZ NOUS REJOINDRE !
CLIC
JE VAIS RACCOURCIR UN PETIT PEU NOTRE ESPÉRANCE DE VIE...
UN TOUT PETIT PEU...

!!
!!
QU' EST-CE..?
......
!
ALLEZ, QUELQU'UN VOUS PREND POUR CIBLE !!
ALLEZ VITE VOUS PLANQUER.

J'AI COMPRIS !
AH !!
OUI ! JE SUIS SÛRE QUE VOUS NE VOULEZ PAS VOUS BATTRE !!
ÉCOUTEZ-NOUS !! IL FAUT VOUS ARRÊTER !!
......
JE VOUS EN PRIE !!
ALLEZ VITE VOUS CACHER !
......
VENEZ NOUS REJOIN-DRE !
TIRE ENCORE !!
FAIS QUELQUE CHOSE, KAWADA !!
!
OH !
......

......
HORS DE QUESTION !
SI ÇA SE TROUVE, ON S'EST DÉJÀ FAIT REPÉRER AVEC CE COUP DE FEU !
CE SERAIT TROP DANGEREUX DE RECOMMENCER !
QU...
NOUS NE SOMMES PAS VOS ENNEMIES !!
PERSONNE NE VEUT ÇA !
J'EN SUIS SÛRE !
!
!
......
AH...
YUKIKO...
YUMIKO...
SHÛYA ! REGARDE !
C'EST LE «BARON ONE» !!
OUAIP ♡

?
!
QU...
QU'AS-TU L'INTENTION DE FAIRE, NANAHARA ?
JE VAIS ALLER LES SAUVER !!
COMBIEN DE FOIS JE VAIS DEVOIR TE LE RÉPÉTER ?! NE FAIS PAS ÇA !!
......
JE NE RESTERAI PAS LÀ SANS RIEN FAIRE !
HEIN ?

VU LA SITUATION...
......
QUI D'AUTRE...
QUI D'AUTRE AURAIT EU LES TRIPES DE FAIRE CE QU'ELLES FONT ?!
CE SONT ELLES QUI ONT RAISON !

ALORS, CE SERAIT INJUSTE DE LES LAISSER...
...SE FAIRE TUER SANS RIEN FAIRE !!
SHÛYA...
NANAHARA...

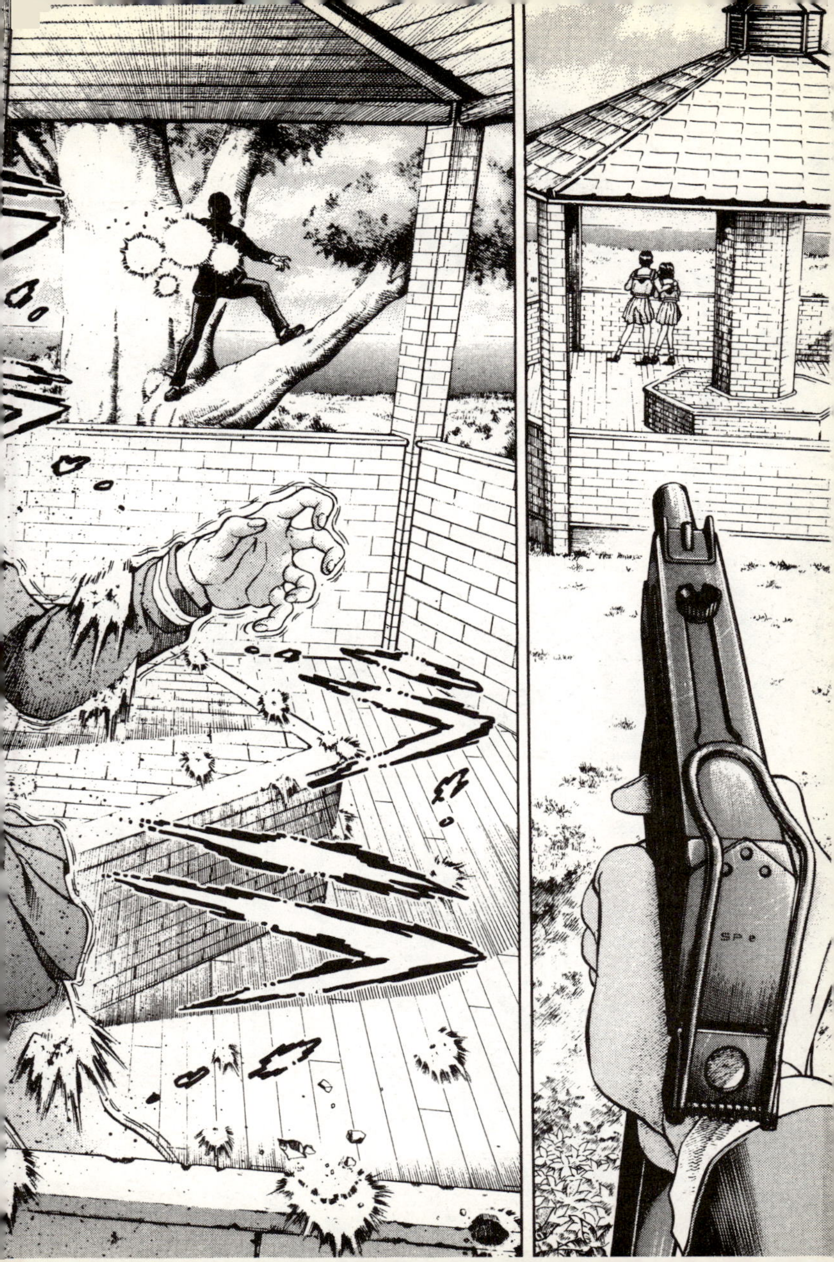

......
C'EST QUOI CE BRUIT ?!
QU... ?!
RA TA TA TA
RA TA TA TA
NANA-HARA...
......
C'EST TROP TARD !

FUUH
ARGH
RA TA TA TA TA TA
GNUH
GNUUH
YU...
YUMIKO...
!
YUMIKO...
ALLEZ !
ACCROCHE-TOI !
....
S'IL TE PLAÎT...
PARDONNE-MOI, YUKIKO...
SEH ?

JE NE SUIS...
...QU'UNE IDIOTE...
SI JE N'AVAIS PAS EU L'IDÉE D'APPELER LES AUTRES...
MAIS NON, CE N'EST RIEN !
T'EN FAIS PAS !!
NOUS AVONS EU RAISON DE FAIRE ÇA !
YUKIKO...
MER...
...CI...
VIENS !
IL FAUT PARTIR D'ICI !
VITE...
IL FAUT PAR-TIR...
AAH...
HIGN !
AL-LEZ
IL FAUT...
...QU'ON S'EN AILLE !

NAAAN !
GNIIIH
GNIIIH IIIH
YUKI...
!
......
YUKIKO...
IL Y A...
IL Y A QUELQUE CHOSE...
...QU'IL FAUT QUE...
...JE TE DISE...
MOI...
MOI AUSSI...
MOI AUSSI...

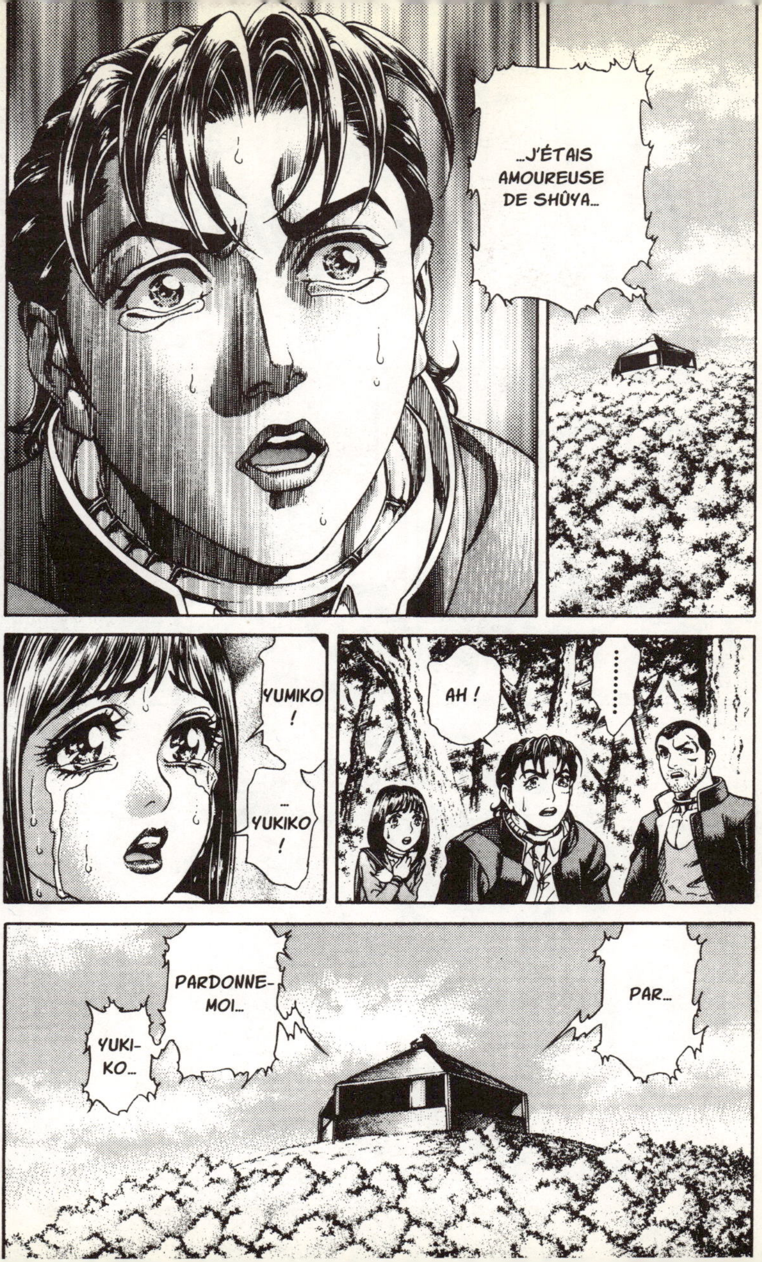
...J'ÉTAIS AMOUREUSE DE SHÛYA...
......
AH !
YUMIKO !
... YUKIKO !
PAR...
PARDONNE-MOI...
YUKI-KO...

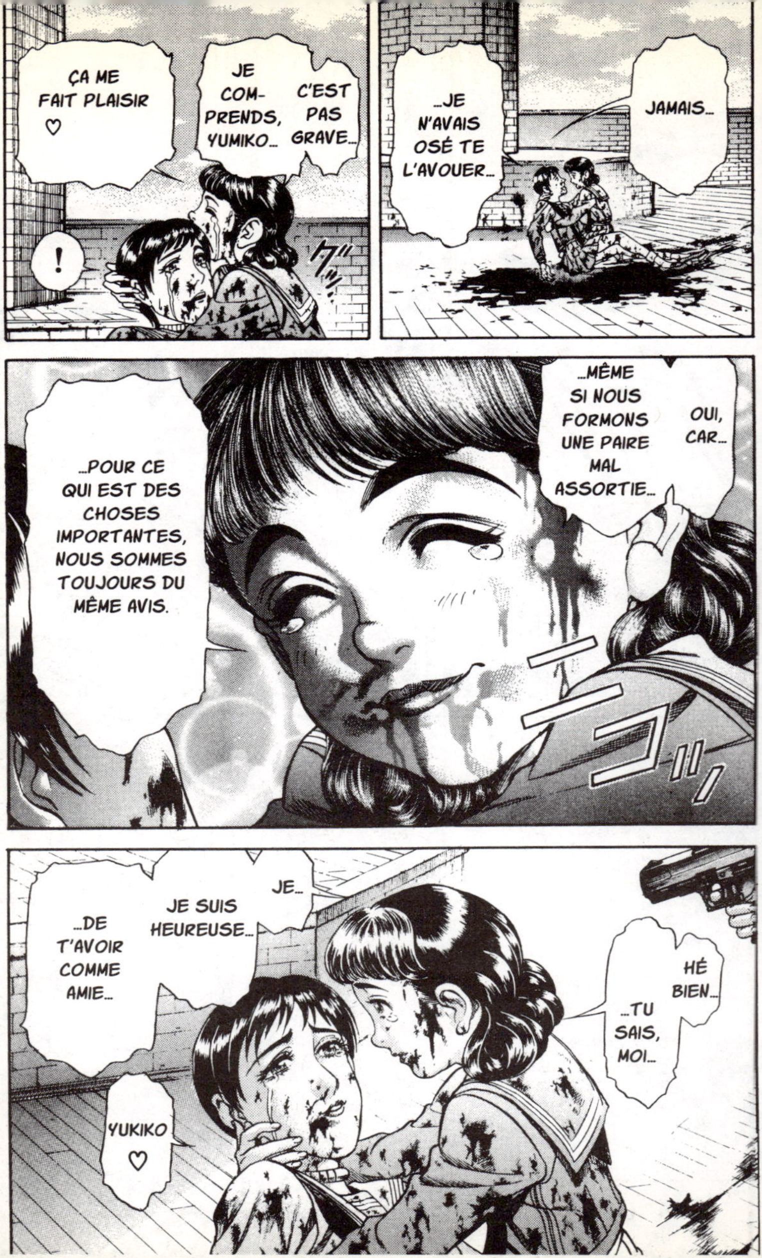
JAMAIS…
…JE N'AVAIS OSÉ TE L'AVOUER…
C'EST PAS GRAVE…
JE COMPRENDS, YUMIKO…
ÇA ME FAIT PLAISIR ♡
!
OUI, CAR…
…MÊME SI NOUS FORMONS UNE PAIRE MAL ASSORTIE…
…POUR CE QUI EST DES CHOSES IMPORTANTES, NOUS SOMMES TOUJOURS DU MÊME AVIS.
HÉ BIEN…
…TU SAIS, MOI…
JE…
JE SUIS HEUREUSE…
…DE T'AVOIR COMME AMIE…
YUKIKO ♡

… COMME T…
……

HII...

PAN
NON !
NOOOOON !
SUR-VIVANTS: 27

Supplément : L'énergie

Supplément : L'énergie
NORIKO ♡
NORIKO, T'ES EN RETARD !
OUI, DÉSOLÉE.
J'AI DÉCOUVERT LE PLUS MERVEILLEUX DES TRÉSORS.

DITES...
POURQUOI ON DOIT VENIR ENCOURAGER LE CLUB DE BASE-BALL PAR UNE TELLE CHALEUR ?!
BAH, ON N'AVAIT PAS VRAIMENT LE CHOIX.
LE BASE-BALL C'EST LA FIERTÉ DE NOTRE NATION...
OUI...
EN PLUS, IL PARAÎT QUE LE BASE-BALL MARCHE DU TONNERRE CHEZ NOS ENNEMIS DE L'EMPIRE AMÉRICAIN.
SI JAMAIS ON PERD AUX JEUX OLYMPIQUES, C'EN EST FINI DE LA LIGUE DE BASE-BALL... ENFIN JE CROIS...
C'EST CE QU'ILS ONT DIT HIER À LA TÉLÉ.
AU FAIT !
EST-CE QUE NOTRE ÉQUIPE MÈNE ?
ELLE MÈNE POUR LE MOMENT...
...MAIS ÇA SE COMPLIQUE SÉRIEU-SEMENT...
C'EST LA DERNIÈRE MANCHE ET ON NE MÈNE QUE D'UN POINT ...
...EN PLUS, TOUTES NOS BASES SONT OCCUPÉES.
ALLEZ ! ALLEZ !

TU VOIS LE 2ÈME ANNÉE QUI SE TROUVE EN TROISIÈME BASE...
TOUT À L'HEURE, IL A COMMIS UNE ÉNORME BOURDE...
VAS-Y !
OUI.
SI JAMAIS TU NOUS FAIS PERDRE CE MATCH, T'ES VIRÉ !
!!
......
......
......
IL EST TOUT PÂLE. LE PAUVRE...
......
T'EN FAIS PAS ! ACCROCHE-TOI !!
!!
!

T'AS FAIT UNE PETITE ERREUR...
...ÇA ARRIVE À TOUT LE MONDE, SENPAI !
ON VA LEUR MONTRER CE QUE C'EST, LE TRAVAIL D'ÉQUIPE !!
OUI !
D'ACCORD !
OUAH !

JE L'AI !
OUT !
!!

SENPAI !
OUI !
OUT !
FIN DU MATCH, VICTOIRE DES BLANCS !
T'AS RÉUSSI !
NANA-HARA !

DITES
...VOUS CONNAISSEZ CE GARÇON ?!
!
TU SAIS PAS QUI C'EST, NORIKO ?
C'EST NANAHARA LE «WILD SEVEN» !
JE TE RAPPELLE QU'IL EST EN 5ÈME, COMME NOUS !
C'EST LE SHORT-STOP LE PLUS TALENTUEUX DE LA LIGUE. LE JOUEUR VEDETTE DU CLUB DE BASE-BALL DU COLLÈGE.
JE VOIS.
SHÛYA... NANAHARA...
OUI, C'EST LUI... ...SHÛYA NANAHARA...
...QUI M'A MONTRÉ OÙ SE TROUVAIT CE FORMIDABLE TRÉSOR.

CEPENDANT...
VOUS RIGOLEZ !
POURQUOI VIREZ-VOUS LE SENPAI DE NOTRE ÉQUIPE ?!
......
SHÛYA...
IL ADORE LE BASE-BALL !!
PERSONNE NE PEUT FORCER LE SENPAI À ABANDONNER !
......
NANAHARA, TU ES TROP TENDRE !!
IMAGINE SI NOS ADVERSAIRES AVAIENT ÉTÉ NOS ENNEMIS AMÉRICAINS, QU'AURAIS-TU FAIT ?!
RÉPONDS-MOI !
HEIN ?
UNE SEULE ERREUR D'UN SOLDAT PEUT COÛTER LA VIE À SES CAMARADES.
SOUHAITERAIS-TU VOIR NOTRE GRANDE RÉPUBLIQUE ÊTRE VAINCUE PAR NOS ENNEMIS ?!
QUOI ?!

J'EN AI RIEN À BATTRE !!
COMMENT POUVEZ-VOUS COMPARER LE BASE-BALL AVEC L'ATROCITÉ D'UNE GUERRE ?!
QU'EST-CE QUE TU DIS ?!
TES PAROLES SONT UNE INSULTE POUR NOTRE LIGUE NATIONALE DE BASE-BALL !!
ALLEZ VOUS FAIRE VOIR !
......
SHÛYA...
...LE GARÇON LÀ-BAS, CELUI QUI VOCIFÈRE DES IDÉES SUBVERSIVES...
C'EST SHÛYA NANAHARA, LE «WILD SEVEN», N'EST-CE PAS ?
C'EST UN DE TES AMIS ?
!
ET COM-MENT !
LUI ET MOI, ON SE CONNAÎT DEPUIS TOUJOURS ! ON VIT TOUS LES DEUX DANS LE MÊME ORPHELINAT.

JE VOIS...
CETTE SOIF DE JUSTICE QUI BOUILLONNE DANS SES VEINES, ÇA LE PERDRA ...
S'IL CONTINUE, IL VA SE FAIRE VIRER DU CLUB...
...ET CELA FIGURERA OBLIGATOIREMENT DANS SON DOSSIER SCOLAIRE !
PEUT-ÊTRE, MAIS...
EH ?!
...IL POURRA TOUJOURS...
...COMPTER SUR MOI... TOUJOURS...
OUI...
SHÛYA... NANAHARA...
NANAHARA !! JE TE VIRE, TOI AUSSI !!

SENPAI !
!
NANA-HARA ?
TOUT IRA BIEN...
...SENPAI !!
C'EST PAS PARCE QU'ON S'EST FAIT VIRER DE CE CLUB POURRI...
...QU'ON NE POURRA PLUS JOUER AU BASE-BALL !!
....
TU SAIS CE QU'ON VA FAIRE ?!
ON VA FORMER NOTRE PROPRE ÉQUIPE DE BASE-BALL...
T'AS PAS ENVIE DE RENDRE LA MONNAIE DE SA PIÈCE À CE TARÉ D'ENTRAÎNEUR ?!
SHÛYA ...
...TU ES FORMIDABLE.
....
TU VEUX PAS ME LÂCHER, NANAHARA ?
....
EH ?

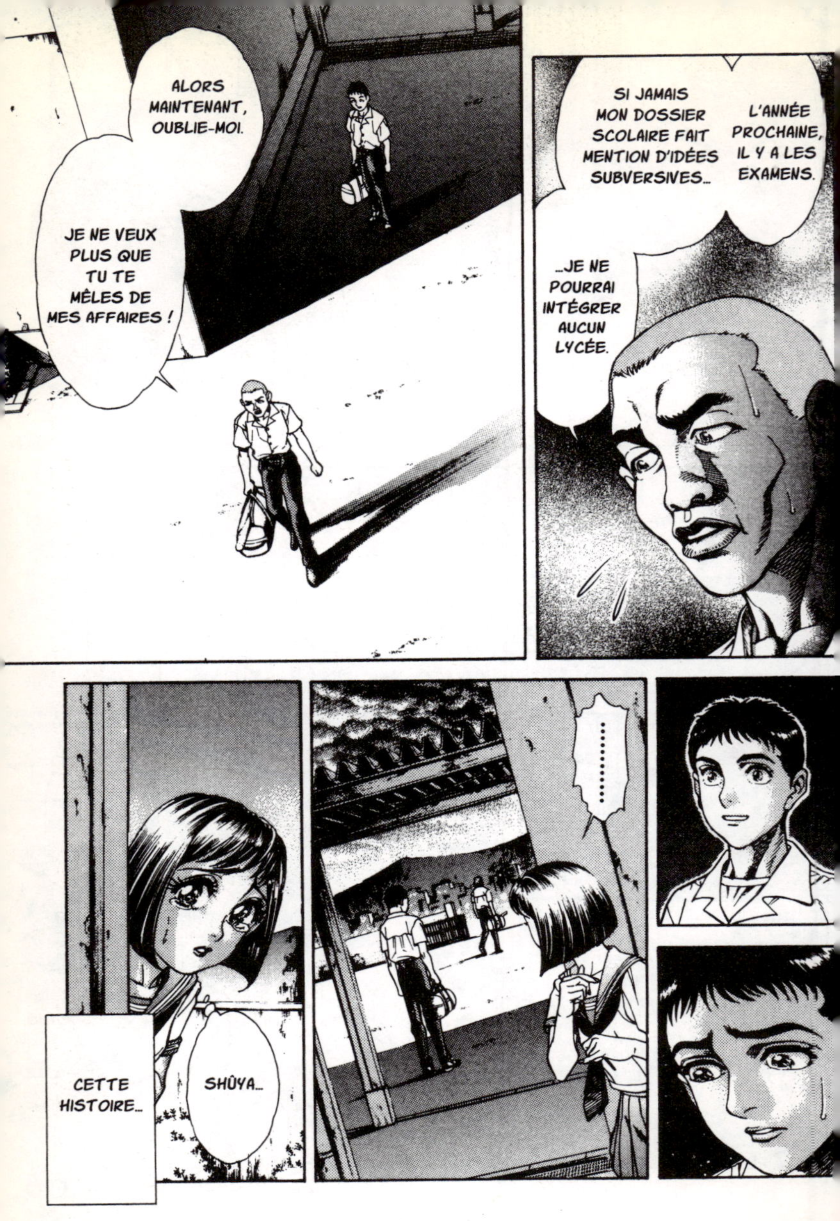

L'ANNÉE PROCHAINE, IL Y A LES EXAMENS.
SI JAMAIS MON DOSSIER SCOLAIRE FAIT MENTION D'IDÉES SUBVERSIVES...
...JE NE POURRAI INTÉGRER AUCUN LYCÉE.
ALORS MAINTENANT, OUBLIE-MOI.
JE NE VEUX PLUS QUE TU TE MÊLES DE MES AFFAIRES !
......
SHÛYA...
CETTE HISTOIRE...

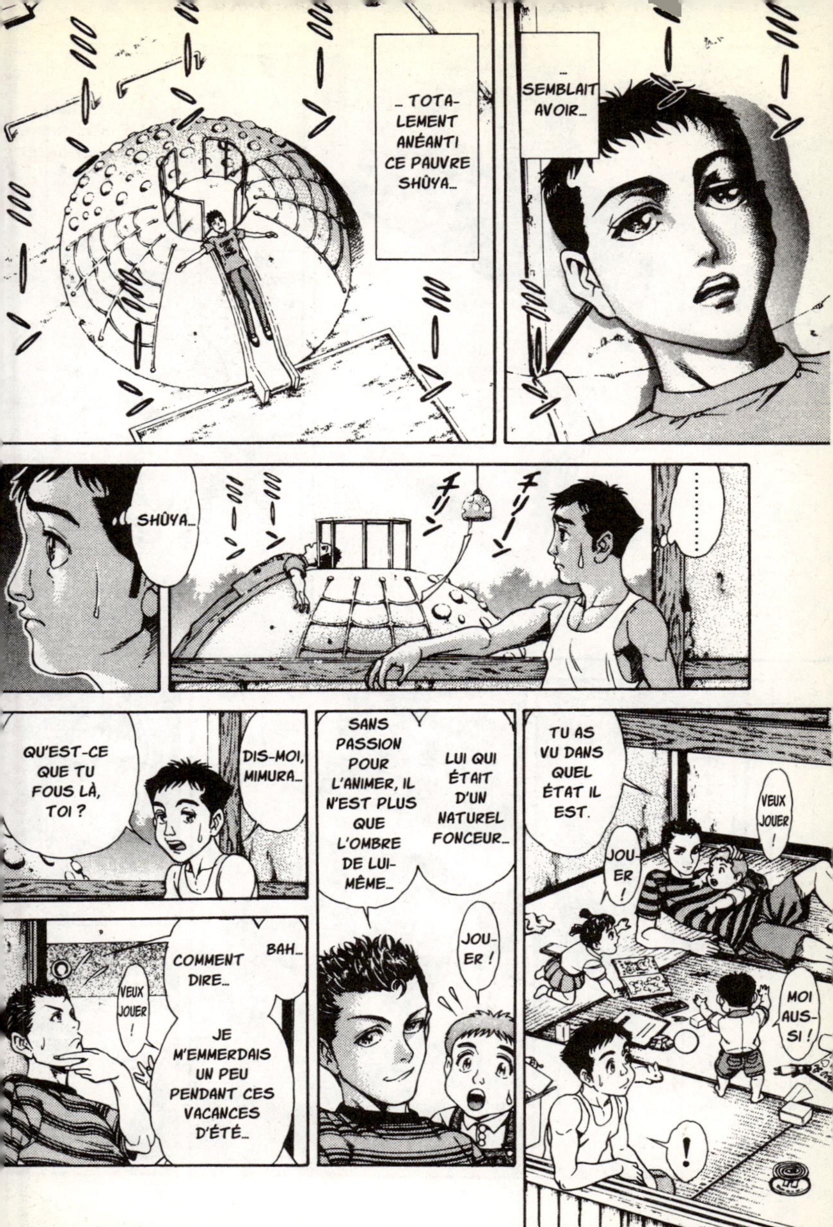
… SEMBLAIT AVOIR…
… TOTALEMENT ANÉANTI CE PAUVRE SHÛYA…
……
チリーン
チリーン
ミーン
ミーン
SHÛYA…
TU AS VU DANS QUEL ÉTAT IL EST.
VEUX JOUER !
JOUER !
MOI AUSSI !
!
LUI QUI ÉTAIT D'UN NATUREL FONCEUR…
SANS PASSION POUR L'ANIMER, IL N'EST PLUS QUE L'OMBRE DE LUI-MÊME…
JOUER !
DIS-MOI, MIMURA…
QU'EST-CE QUE TU FOUS LÀ, TOI ?
BAH…
COMMENT DIRE…
JE M'EMMERDAIS UN PEU PENDANT CES VACANCES D'ÉTÉ…
VEUX JOUER !

EXC...
EXCUSEZ-MOI...
!
......
JE...
JE VOUDRAIS SAVOIR SI C'EST BIEN ICI QU'HABITE SHÛYA NANAHARA ?
EUH...
OUAIS...
LA VACHE !
QUELLE BEAUTÉ !
EN FAIT...
...MES AMIS SONT INQUIETS CAR ON LEUR A DIT QU'IL AVAIT ARRÊTÉ LE BASE-BALL...
ALORS, ILS M'ONT DEMANDÉ DE VENIR VOIR COMMENT IL ALLAIT...
C'EST POUR ÇA QUE...
SES AMIS, MON ŒIL...
SI C'EST NANAHARA QUE TU CHERCHES, MA POULETTE,...
...TU LE TROUVERAS LÀ-BAS

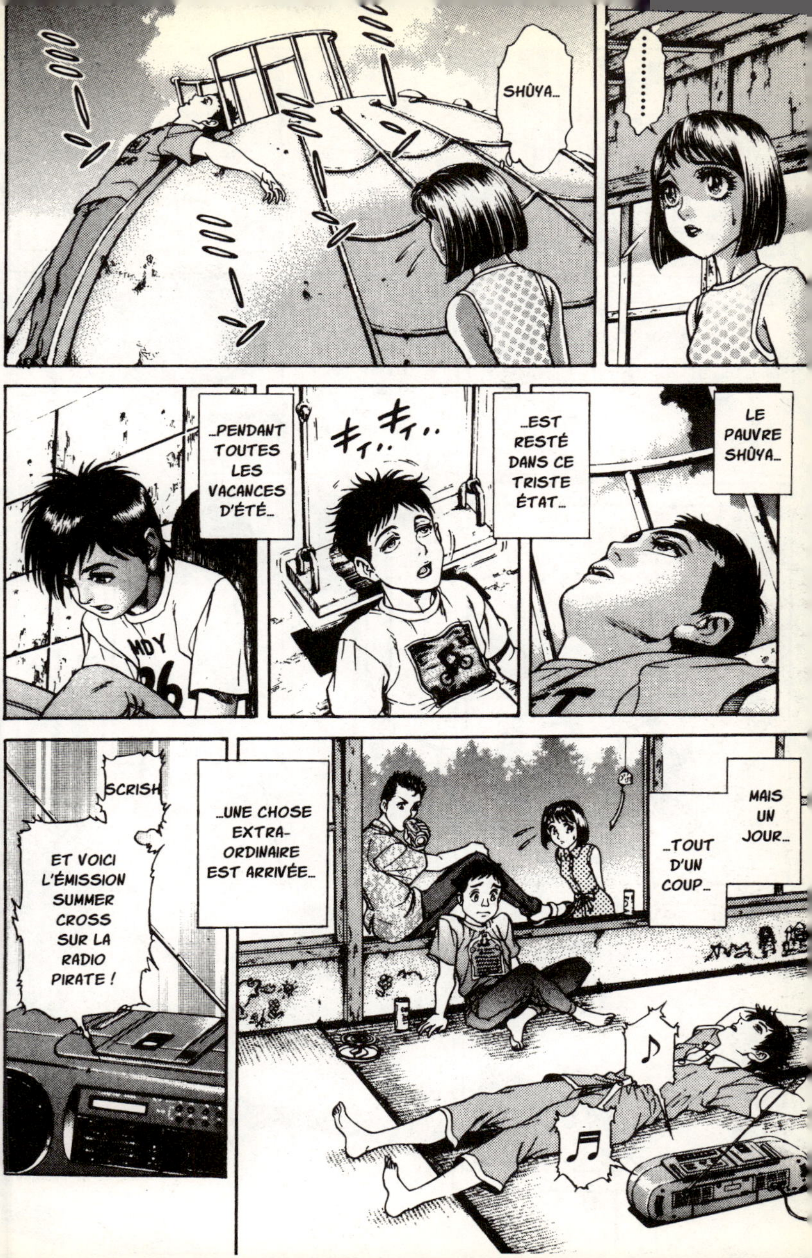
……
SHÛYA…
LE PAUVRE SHÛYA…
…EST RESTÉ DANS CE TRISTE ÉTAT…
…PENDANT TOUTES LES VACANCES D'ÉTÉ…
MAIS UN JOUR…
…TOUT D'UN COUP…
…UNE CHOSE EXTRA-ORDINAIRE EST ARRIVÉE…
SCRISH
ET VOICI L'ÉMISSION SUMMER CROSS SUR LA RADIO PIRATE !

ET MÊME SI CES TYPES DU GOUVERNEMENT VEULENT NOUS PRIVER DE ROCK'N'ROLL...
JAMAIS LEUR PUTAIN DE LOI NE POURRA FAIRE DISPARAÎTRE NOTRE ÂME DE ROCKER !
ET POUR LEUR PROUVER, AUJOURD'HUI ENCORE, VOICI TOUT DE SUITE : « À CŒUR PERDU VERS DEMAIN » !!
JE LA CONNAIS...
C'EST UNE CHANSON DE BRIAN SPRINGSTEEL.
DIS... ...C'EST QUOI LE «ROCK» ?
EUH... JE SAIS PAS...
QUELLE BEAUTÉ !

♪ UN JOUR, J'IGNORE QUAND
NOUS IRONS À CET ENDROIT OÙ NOUS NOUS SOMMES PROMIS D'ALLER
♪ LÀ-BAS, BAIGNÉS PAR LES RAYONS DU SOLEIL, NOUS CHANTERONS À TUE-TÊTE
D'ICI LÀ, IL SEMBLE QUE NOUS NE PUISSIONS ÉCHAPPER À CE JEU
JAMAIS ILS NE POURRONT NOUS FAIRE DU MAL
♪ SUZY, ENSEMBLE, RIEN NE POURRA NOUS EFFRAYER ♪

MAIS SI ÇA SE TROUVE, CELA FAIT PEUT-ÊTRE AUSSI PARTIE DE NOTRE DESTIN
!?
C'EST ...
...GÉNIAL !
C'EST SUPER GÉNIAL !
C'EST FORMIDABLE !!

UNE NOUVELLE STAR DU ROCK'N'ROLL EST NÉE !!
APLAUDISSEZ BIEN FORT SHÛYA NANAHARA, LE «WILD SEVEN» !!
キラキラ
EH ?!

EUH... BONJOUR ...
...À CEUX QUE JE NE CONNAIS PAS...
C'EST UN PEU TARD...
IL EST VRAIMENT ÉTONNANT...
JE SUIS SHINJI MIMURA, DU CLUB DE BASKET.
HEUREUX DE TE CONNAÎTRE !!
OUAAHH ! SHINJI MIMURA, LE «TROISIÈME HOMME» !!
LE SUPER MENEUR DE L'ÉQUIPE DE BASKET ! T'ES PAS MAL CÉLÈBRE, TU SAIS !
IL PARAÎT...
MAIS J'AI AUSSI DE NOMBREUX AUTRES TALENTS...
SALUT !
MOI, C'EST NORIKO NAKAGAWA !
MAIS QUELLE BEAUTÉ !
JE SUIS UNE FILLE TOUT CE QU'IL Y A DE PLUS ORDINAIRE...
JE N'AI AUCUN TALENT...
BON, ALORS ...
LA NOUVELLE STAR DU ROCK VA POUVOIR NOUS FAIRE UNE PETITE DÉMONSTRATION...
EUH...

HOLÀ !
C'EST MON PREMIER JOUR DE ROCK STAR !
JE NE SAIS PAS ENCORE JOUER DE GUITARE !!
....
EUH...
MAIS C'EST PAS UN PROBLÈME !
SI JE M'ENTRAÎNE COMME UN DINGUE, UN AVENIR BRILLANT M'ATTEND !!
ÉCOUTE-MOI, SHÛYA.
IL FAUT QUE TU OUBLIES UN PEU TON TEMPÉRAMENT DE SPORTIF.
CE QUI COMPTE POUR UN ROCKEUR, C'EST D'ÊTRE COOL !
......
HÉ, MIMURA...
TU FAIS DE L'IRONIE, C'EST ÇA !!
PTOU
C'EST GÉNIAL, SHÛYA !
ÇA M'A L'AIR VRAIMENT COOL !!
!
TU PEUX COMPTER SUR MOI !
......

TU AS RAISON ! C'EST SUPER, SHÛYA !
MALGRÉ TOUTES CES ÉPREUVES…
…TU AS SU TROUVER L'ÉNERGIE POUR TE RELEVER ♡
EN TOUT CAS…
TU AS TOUT MON SOUTIEN…
!
AH…
OK, GÉNIAL !
MON DESTIN DE ROCKSTAR COMMENCE PLUTÔT BIEN !!
J'AI DÉJÀ TROIS FANS !
HEIN, QUOI ?
TU PARLES DE MOI, LÀ ?!
ET DE MOI !

Battle royale, Fin du 2ème volume.

Élèves de la classe de 3ème B du collège Shiroiwa

21 garçons 21 filles - Total : 42 élèves

Survivants : 27

Kazuhiko Yamamoto et Sakura Ogawa se suicident. (ch. 11)

Kitano et Kusaka lancent leur appel. (ch. 15-16)

Kyôichi Motobuchi contre Shôgo Kawada (ch. 13)

Mitsuru Numai contre Kazuo Kiriyama (ch. 10)

Le «programme», évolution de la situation.

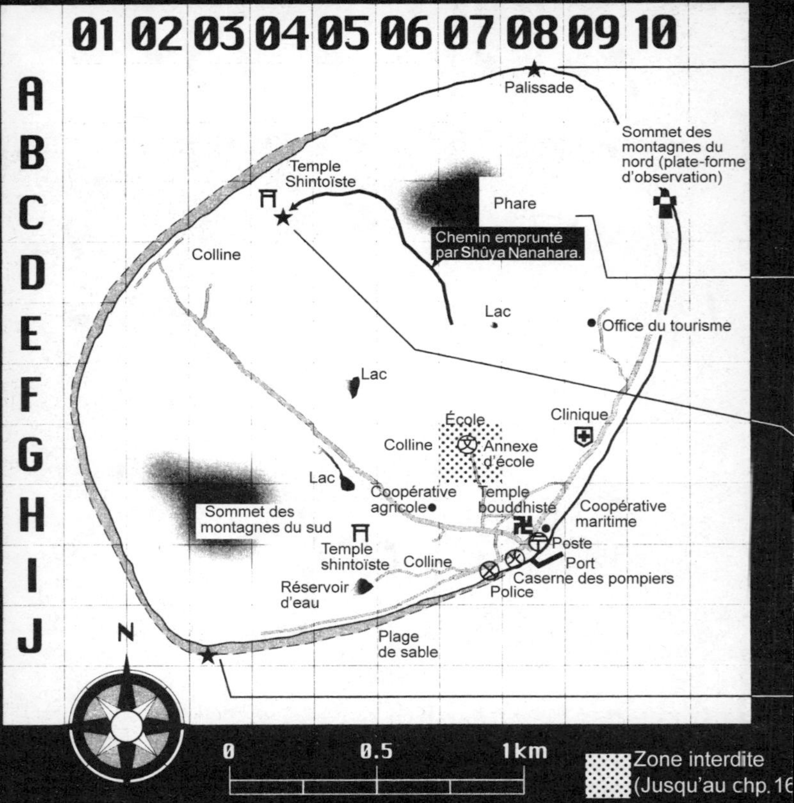

Règlement du «programme» : Tous les élèves d'une classe sont rassemblés jusqu'à ce qu'il n'en reste plus qu'un. Des vivres et une carte de l'ère de jeu (dans ce cas, une île de 6 km^2) leur sont fournis. Les élèves sont équipés d'un collier électromagnétique afin de contrôler leur pouls. Ils sont libres de se déplacer dans l'aire de jeu mais le nombre de zones interdites augmentant d'heure en heure, ils doivent les éviter sous peine de voir la bombe reliée à leur collier exploser. Forcer les élèves à se déplacer provoque d'inévitables face-à-face. Si aucun élève ne meurt durant 24 heures, tous les élèves seront tués.

l'énergie qui
nous pousse
à vivre et à aller de
l'avant doit emplir
notre coeur !!

Un idiot, épris
de justice !

田口雅之
Masayuki Taguchi

À propos, dans un premier temps, j'ai créé Shûya Nanahara pour être le «héros insouciant principal» de l'histoire. Bien sûr, pour que l'histoire puisse progresser facilement, j'ai utilisé les ficelles traditionnelles en faisant de lui le héros «impulsif et passionné» de service. Mais finalement, on peut penser que son caractère convient parfaitement pour le héros de «cet ouvrage». Je m'explique... Par exemple, dans notre vie quotidienne, il y a beaucoup de situations où l'on peut se sentir désespéré. Et lorsque ce désespoir nous submerge, on est convaincu qu'on ne pourra jamais s'en «sortir». Dans ces moments-là, rester optimiste permet de garder espoir. C'est une vision simpliste mais terriblement importante. Dans cet ouvrage, les élèves doivent faire face à une situation des plus désespérée. Voilà une citation que j'aimerais leur dédier. Elle est d'un grand écrivain américain : «rien ne vaut l'espoir...J'espère que ceux qui y ont déjà goûté, ne serait-ce qu'une fois, continueront à le garder.»

Novembre 2000
Masayuki Taguchi

Soleil Productions
247 Avenue de la République
83000 Toulon - France

Titre original : Battle Royale 2

Traduction : Arnaud Delage
Conception graphique : Studio Kuma
Directeur de collection : Alex Bodecot

Dépot légal septembre 2003
Isbn 2-84565-667-X
Impression : 23-1003
Imprimerie Darantiere-Quetigny-France
Distribution Hachette
À tous ceux qui vivent debout !